純真にもほどがある！

崎谷はるひ

幻冬舎ルチル文庫

CONTENTS ✦目次✦

純真にもほどがある！

✦イラスト・佐々成美

✦カバーデザイン＝吉野知栄（CoCo.Design）
✦ブックデザイン＝まるか工房

純真にもほどがある！

アルコールによってもたらされる天国も、地獄も、茅野和明《ちのかずあき》は二十九年の人生においてかなり学んだつもりだった。

脳が蕩《とろ》けるような陶酔の代償として、宿酔《ふつかよ》いにのたうちまわるのもずいぶん慣れた。さんざん呑《の》んだ翌朝に口中の饐《す》えた酒臭さが非常に不愉快であろうとも、胸のあたりがむかむかと重くとも、それは酩酊《めいてい》という名のひとときの快楽の対価だと、わきまえている。

「くそ……頭、いてえ」

小さく呻《うめ》いて、茅野は軽く頭を押さえる。酒量をすぎたときの、おなじみの目覚めだ。血液の半分にも酒が混じっているように、身体《からだ》も重怠《おもだる》い。茅野は寝ころんだまま長い腕をのろのろと伸ばし、手探りでブラインドの紐《ひも》を引いてなかばまであげた。

ベッドサイドの大きな窓の向こうには、さわやかな秋晴れが広がっていた。狭苦しい都会の隙間《すきま》を縫ったように障害物がなく空を見渡せる、茅野のお気に入りの空間だ。

(ああ、今日もきれいだな)

眩《まぶ》しいほど鮮やかな光景をしばらく眺めていると、どんよりした頭もいくらか、すがすがしくなるような気がする。身体の重さはいたしかたないが、これも動いているうちに、どうにかまぎれるはず、だった。

だが、今朝はどうも様子が違う。

「んあ?」

幼なじみである同居人に「汚い、だらしない」と罵《ののし》られる、雑然とした自室。そのなかでも、茅野の長身を横たえるためのベッドはかなりの存在感がある。だが、そのビッグサイズのベッドが、今朝は妙に窮屈だ。

「これは……」

呟《つぶや》き、重い瞼《まぶた》を数回またたかせて、茅野は渋面を浮かべる。

(久々に、やっちまったか?)

胸のうえの重さが酒精に焼かれた内臓のせいだけでないと、茅野は遅まきながら気づいた。意識はまだ散漫なままで、状況の判断はうまくない。しかし、茅野の身体のうえの重みがごろんと転がった瞬間、絹のような黒髪が裸の胸をくすぐった。

そこでようやく、誰かをお持ち帰りしてしまったらしいことを自覚した。しかし、その誰かが『誰』であるのか、どういう状態で現状にいたったのか、さっぱり思い出せず、茅野はさっと青ざめる。

そういえば下半身が非常に爽快《そうかい》だ。酒の力を借りて、ここしばらくの鬱屈《うっくつ》を放出しただけでなく、別口でたまっていたものまで、すっきり出してしまったらしい。

（やばい、うわ、マジかよ。ぜんっぜん覚えてねえ！）

いままでいくら酔ってもこうまで完全に記憶をなくしたことがなかった茅野は、完全な意識の欠落に、うっすらとした恐怖さえも覚えた。

（しかし俺、記憶なくすまで呑んで、よく勃《た》ったな……まさか、無理強《むりじ》いはしてねえよな）

よもやその気もない相手をベッドに引きずりこむほど悪辣《あくらつ》な自分ではないはずだと、情けない自問を散漫に繰り返すのは現実逃避もあるだろう。

「どうすっかなこりゃ」

酒の勢いでその『誰か』に無体をしはしなかったかという危惧《きぐ》はむろん、これが茅野の自宅であることのまずさにも、非常に焦った。

赤らんだままの目で確認した壁掛け時計が示す時刻は、まだ朝の六時すぎ。このビルの階下にある職場に出勤するには早すぎる。

しかし、規則正しい生活を送る同居人は、もう一時間もすれば目を覚ましてしまうだろう。

（瀬戸《せと》にこれが見つかったら）

そこまでを考えて茅野はぐびりと息を呑んだ。

このビルの持ち主である瀬戸光流《みつる》はたいそうなおぼっちゃまで、茅野の仕事上のパートナーであり、幼なじみであり、なにより茅野の同居人である。

その彼と同居生活を開始するにあたり、きつく言い渡された絶対の命令があった。

『おまえがいくらだらしない性生活を送ろうがかまわんが、この家には、連れこむな』

自宅と職場がビル内で直結している以上、だらしないことをするのはまずい。いずれ客の目についてしまうだろうし、プライベートと仕事の切りかえもむずかしくなる。

『私生活のけじめのなさは、仕事のうえでもマイナスになる。よく覚えておけよ』

店をはじめる前に厳しく言い渡されていた決まりごと。それを破ったとなれば鉄拳《てっけん》どころではすまないと茅野が小さく震えた、その瞬間。

「……う、ん」

なんだか妙にかわいらしい喉《のど》声が胸元から聞こえた。とはいえそれは、女性のもののように甘ったるい感じはなく、なめらかな低さを持っていた。

惚《ぼ》けていた意識を腕のなかに集中させれば、腿《もも》にこすれる感触やぺったんこの胸に、それが同性のものであると知れる。裸の身体はすっきりした細さと若木のような伸びやかさを持っていて、長身の茅野に絡みつくにはちょうどいいくらいの、長い脚だ。

(あー、男だったか)

そのこと自体にはべつに、驚いたりはしない。茅野は自他ともに認めるバイセクシャルであったし、過去の恋人にはどっちもありだった。——しかし、この場合、問題はそこではない。

「な、なあ。あのさ」

どうにか気合いを振り絞って声をかけると、胸のうえにうつぶせたままの相手から、「うん……」とまた小さな声がする。

ちょっと腰にくるような甘えた感じの喉声に、茅野の頭から状況のまずさがかき消される。ひさかたぶりの純粋なときめきを覚えて、やにさがりそうになった。

（ああ、いいなあ。こういうの）

ここ数年で一番入れこんでいた恋人、由岐也《ゆきや》に別れを告げられたばかりだというのに。自分に呆《あき》れる気分にもなるが、ひさしぶりに感じるときめきは茅野にどこまでもやさしい。

一方的に、しかも突然、恋人から言い渡された別れ。以来、胸苦しい痛みに疼《うず》くばかりだった茅野の心臓は、きゅんとばかりに音を立てて血液を送り出す。また心臓ばかりでなく、朝の生理現象も手伝って、男のもっとも正直な部分までもがどくんと脈打った。

「い、いかんいかん」

はっと首を振り、うっかり、もよおしそうになってしまった自分に焦る。

これでなだれこめば確実に瀬戸の叱責を食らうと歯を食いしばった茅野は、今度こそ胸のうえに乗っかった相手をどうにか起こして、帰ってもらわねばと決意する。

寝室以外の生活空間はすべて共同だから、シャワーさえ使わせてやれないのは申し訳ない。だが、瀬戸の機嫌を損ねて住居を追い出されるのは非常にまずい。

（あーもうほんと、失敗したな。どうやって詫《わ》びりゃいいんだろ）

間違いなく自分が引きずりこんだだろう相手を、追い出す羽目になるのは忍びなかった。けれどそれ以上に、瀬戸の鉄拳は怖い。おずおずと、茅野はうかがうような声を発した。

「あの、あのさあ？　ちょっと、起きてくれるかな」

瀬戸が寝ている間に、この状況をとにかくどうにかしなければ。熟睡しているところを無理に起こし、さらには外へでようと言わなければならない我が身の間抜けさに、茅野はほとほと情けなくなる。

この彼に、状況をどうやって告げよう。さりとてゆっくり説明する時間もない。そもそも、熟睡する青年が誰なのかもわからないのにと困り果て、茅野は彼の肩に手を置いた。

「んん……っ」

起きて、と揺さぶるつもりで手をかけた薄い肩は、手のひらにぴたりと吸いつくようだ。瞬時に蘇《よみがえ》ったのは、その薄い肩を抱きしめて腰を突きあげた瞬間の、強烈な愉悦と感触で、さきほどとは違う意味で茅野は身体を震わせる。

——すごい、たまらない……。

感嘆まじりに荒い息を吐いて囁《ささや》けば、細いのに強い腰で絞りあげられ、あっという間に昇天しそうだった。男には慣れていないのか、彼の指はぎこちなく何度も肩にすがるだけだった。背中に手をまわせと言ってもかぶりを振り、なかなか顔もあげようとはせずに。

——顔見せろよ、なあ。

断片的に蘇る記憶のなか、顔を隠すように額からこぼれた、少し長めでさらさらの前髪。その隙間からちょっと恨みがましく睨《にら》まれたことを思い出す。悪戯《いたずら》に小さな唇へ指を突っこんでやればしゃぶりながら噛《か》みついてきた、気の強そうな涙目がきれいだった。

血統書つきの猫っぽい美人が、茅野は好きだ。上品できれいで、意志のはっきりした、それでいて色っぽい目を持っているタイプ。身体は全体にしなやかであれば、サイズにはこだわらないが、がりがりの痩《や》せすぎとがちがちなマッチョはちょっと勘弁だ。

そっと手探りに触れてみた腰まわり。細身であるが骨っぽくはなく、しっとりとした感触の肌もまた心地いい。つまりは茅野の理想にベストマッチする体型だった。

行為の最中、揺れながらせつないような目をされてしまえばもうたまらずに、ただただ闇雲に唇を重ね、夢中で身体を揺らした。

薄いくせにやわらかかった唇の感触を思い出せば、にへらと口角がゆるんでしまう。つい、肩を揺するはずの手が卑猥《ひわい》なニュアンスを持って腕まで滑る。

その感触に、しなやかな彼の肩がぴくりと揺れた。そして背中を丸め、きれいな背骨を茅野に見せつけるようにして、かすかな抗議の声をあげる。

「まだ、ねむい……」

なかなかお目にかかれない好みのタイプに、かすれた――昨夜の激しさを匂《にお》わせる声でそう告げられ、ぐらりと理性は揺れるけれども致しかたない。

「んー、寝かしてやりたいんだけどさ。そろそろ仕事の準備しないとやばいから」

店を開けるから起きてくれとつげる声は、無自覚に甘ったるいものになった。茅野が自身に苦笑していると、相手はむずがるように細い肩を丸める。

「嘘つけ。まだ、時間あるだろ。ショップの開店時間まで」

「え……？」

茅野はその言葉に少し驚く。開店時間まで把握しているということは、どうやら彼は行きずりの相手ではないらしい。

（そうすると、店の常連か？　それとも……ああ、誰だろう、わかんねえ）

茅野が記憶を探っている合間にも、彼の眠りは妨げられてしまったらしい。肌理《きめ》の細かい肌を震わせた相手の気配が、ざわりと苛《いら》だったのを感じ、また、逆毛を立てた猫のような気配に覚えがあると茅野は息を呑んだ。

「ああもう、うるせえ。目が覚めちまっただろうが」

かすれて色っぽい声にきついものが滲《にじ》む。聞き覚えのあるそれに、まさかまさかと思っていれば、ついに美麗な猫はその腕を茅野の脇《わき》につき、むくりと顔をあげた。

「ひとがせっかく寝てたのに、ぐだぐだぐだぐだしゃべるな。うるさい」

冷たく鋭い視線を向けられたその瞬間、愕然《がくぜん》とした茅野の唇からは震える声が放たれる。

「──嘘、そんな」

「なにが、そんな、だ」

つるりと細い輪郭に、切れ長の目。やや冷たそうな薄い唇を不機嫌に歪《ゆが》ませた顔には、茅野はいやというほど覚えがあった。

(しかし、そんなはずは)

茅野が呆然《ぼうぜん》とするうちに、腕のなかの彼はひとつふたつの咳《せき》払いでさきほどまでの甘い響きをすっきり捨てて、血の凍るような声で唸《うな》った。

「朝までしつっこくしやがって、こっちはまだケツがひりついてんだ。寝かせろ」

「せ……瀬戸ぉ!?」

疲労を隠せない目を眇《すが》めた、怜悧《れいり》な親友の怒りの形相に、茅野は目を瞠《みは》る。

(いやまさか、まさか、それだけはねえだろ!?)

どうか、悪い夢であってくれ。あえぐような呼吸をする茅野に、瀬戸もなにか気づいたようだった。

「なんだよ茅野、その顔は」

「なんだよって……なんだよって、なんでこうなってんの!?」

まだいささか自失したままの茅野は、酸素の足りない魚のようにぱくぱくと口を震わせながら、ようよう言葉を紡ぐ。

「なんだっておまえが、素っ裸でベッドにいんの!?」

茅野の言葉に、瀬戸はぴくりと顔を強《こわ》ばらせた。だが、すでにパニックに陥っている茅野は気づけない。

「覚えてないのか」

「覚えてるもなにも、なんでおまえが俺と……あれ？　嘘⁉　なに⁉」

うろたえきった茅野の表情には、ふだん店の常連たちにうっとりと眺められる野性味に溢《あふ》れた魅力は少しも見つけられない。もとより、茅野の色気などにはいっさい心を動かさない瀬戸は、ますます目を剣呑《けんのん》にするばかりだ。

（うっそだろ）

頭が真っ白になる瞬間というのは本当にあるものだ、と散漫に茅野は思った。

たしかに茅野はふられるとひどく荒れる。酒が入ると、まま記憶があやしいこともある。だからといってまったく正気を失うわけでもないし、誰彼かまわず押し倒すような真似は、いままでついぞしたことなどなく――茅野の胸には、純粋な恐怖がこみあげてくる。

まして勢いでベッドインした相手が、長年の友人で共同経営者の瀬戸であるとなればもう、茅野の狼狽《ろうばい》はマックスになった。

茅野にとっての瀬戸は、いわば家族のような存在で、劣情を伴う世界から最も遠いはずだった。

だからこのいま茅野が覚えている衝撃は、言うなればうっかり自分の姉とか弟とかと寝てしまったようなとんでもなさ、取り返しのつかないことへの恐怖だ。

失恋したてで、ふぬけたようになっていたのは認める。刺激と新しい恋が欲しいと思っていたのも本当だ。だがしかし、こんな驚愕《きょうがく》の展開など、望んではいなかった。

（いったい昨日、俺は、なにしたんだ⁉）

人間、パニックに陥るとまず、最大限覚えているところまでの記憶をたどろうとするものだ。茅野は必死になって、ショックでうまくまわらない頭を回転させた。

自分の店でやけ酒を呑み、それに瀬戸をつきあわせたところまでは覚えている。といっても愚痴をたれた茅野の横で、瀬戸は延々と、収支決算表を読んでいるばかりだったが。

（それでたしか、いいかげん切りあげろって言われて、部屋に移動して……それから？）

茅野は頭を抱えた。へべれけになって部屋に移動したあとも、瀬戸の制止もきかず、さらに酒を呑んだのは覚えている。そこからさきの記憶はまた、白い荒野のなかに漂うようなあいまいなものになる。

いったいどれだけ酒瓶を空けただろうか。それでも傷心のせいか、酔いたくて酔えなくて、だんだんと意識が麻痺《まひ》してきて——。

（そのあと、そうだ……）

たしか、やけくそまじりでベッドに誰かを引きずりこんだのだ。つらい、慰めてくれと細い身体をかき抱き、肌の心地よさに執拗《しつよう》な愛撫《あいぶ》を繰り返した。

だが、感触と熱い体温までは思い出せても、そこにいたる言動がまるっきり、記憶にない。断片的になった記憶のなか、ひどくきれいだと感じた顔立ちのパーツのひとつひとつをじっくりと思い返せば――たしかに、目の前の男と合致するのだ。

「おい、茅野。だいじょうぶなのか」

怪訝《けげん》そうにこちらを見やる瀬戸の、ふだんは清潔に撫《な》でつけている前髪が、いまはおろされている。億劫《おっくう》そうにそれをかきあげた細い指、あらわになるきつそうな目元は、昨晩茅野がうっとりと見惚《みと》れたものに相違ない。

アルコールに歪んでいた茅野の視界がその全体像をぼかし、視野狭窄《きょうさく》でも起こしたかのように『彼』が『誰』であったのかを認識させないでいたのだろうか。

(それにしたってわかれよ、俺!)

よりによって、瀬戸。いままで二十年つきあってきてまったく対象外だった、そしてその淡泊で冷静な性格ゆえに直情な茅野を許容してくれた親友。

恋愛にいたらないからこそ、最も信用してきた男と、自分は――一線を越えたのか。

(最悪だ)

血の気が引いて、頭が痛い。茅野は目眩《めまい》さえ起こしかけているというのに、起きあがった瀬戸はといえば、まったく涼しい顔だというのがますます解せない。

だが、そこではっと茅野はひらめいた。

（そうだ、そうだよ。酔った勢いでただ単に一緒に寝ただけかもしれないじゃないか。服を脱いでるのも、ゲロっちまった可能性だってある）

追いつめられた人間は、目の前の事実からも目を逸《そ》らしがちであり、セオリーどおり茅野は『勘違いだ、これはなにかの間違いだ』とおのれに言い聞かせてみる。

しかし、いくらなんでも。

下着ひとつない素っ裸、濃厚な行為の気配を残したベッドの乱れに、屑籠《くずかご》のなかに残るティッシュの山を見れば、おのずと導かれる答えはひとつしかない。なによりの証拠は、物憂い気配を消せないまま不機嫌に長い脚を組んでいる、親友の存在だ。

（だが、このさいそんなものは無視だ）

一縷《いちる》の望みをかけて、おそるおそる涙目のまま、茅野は相手を窺《うかが》った。

「あの……瀬戸さん？」

「なんだ」

切って落とすような返答には、色気のかけらもない。これならば少しは希望が持てるかと息を呑み、思いきって問いかけてみた。

「あの、俺は、おまえとその」

「まどろっこしい、早く言え」

細い身体に見合い、低血圧の気《け》がある瀬戸は、朝方はことに不機嫌だ。些細《ささい》なことでも氷点下のまなざしで睨みつけられることは長いつきあいで熟知している。

「ししし、し、……」

「あ？　なんだ、はっきり言えって言ってるだろう」

「しっ、し、したのかっ⁉」

じろりと睨まれ、怯《おび》えつつ焦った茅野は、情けなくどもって舌を嚙《か》んだ。だが、瀬戸の返答にはもういっそ、もつれた舌をさらに強く嚙んで死にたいと思う羽目になった。

「セックスか？　した」

「せっ……くす……」

瀬戸に男らしくきっぱり言いきられた瞬間、茅野の脳内の白い平原には、ブリザードが吹き荒れた。

まるっきりなにもなかったかのような平静な顔をされ、しかし端的な言葉でセックスにいたったことを肯定されて、茅野は再度夢のなかに落ちていきたいと切に願った。

しかし、人間そう都合よく気を失うことなどできない。ただ脳内にエコーするのはこんな言葉のみだ。

（なにがどうしてこんなことに……！）

本来、いい年をした大人ふたりがセックスにいたった場合、暴力で遂行されない限りの責任はイーブンだ。しかし瀬戸の返答に、茅野はますます追いこまれた。追いこまれて脳を萎《い》縮《しゅく》させ、大抵の場合こういう男が陥る、最低な言動をあっさりと、選んでしまう。

「し、……したって、したって、なんで⁉」

「なんでっておまえ――」

相手もまた忘れられて困惑しているなどということは、正気を失った人間には気づけない。

当然この朝の茅野もまた、瀬戸の少しだけ曇った目を見事に見逃した。

頭がぐるぐるぐるぐると、モータードライブなみに高速回転する。しかし血流の悪くなった茅野の脳は、認めたくない現実を前にして、ここに来てもまだ明晰《めいせき》な答えを出せない。

あげく惑乱のあまり、誠実な言葉を探したり、相手に状況の説明を求めるよりもさき、身勝手な言葉を吐いてしまったのは、失態としか言いようがないだろう。

「なんでおまえなのよ⁉」

「え……」

「俺が欲しかったのは、こんな衝撃じゃなかったのにっ！」

もっと、燃えるような恋だとか衝撃の出会いだとか、そんなものが欲しかった。断じて、瀬戸と寝るなどという、『衝撃』ではない。頭を抱えて叫ぶ茅野を、瀬戸はぽかんとした顔で眺め、ややあって、すうっとその切れ長の目を細めた。

しかしこのときの茅野は、彼の表情の変化などに目をやる余裕はなかった。

現状認識の否定、動揺、狼狽《ろうばい》と恐慌のあげくの自暴自棄。そしてパニックに陥るあまりの嗟嘆《さたん》による責任転嫁で、いっぱいいっぱいだった。

それを、ひとことで言ってしまえば——いわゆる、逆ギレである。そして『逆』がつくということは、大抵、非は切れたほうにあるわけだ。

「それがなんで!?　なんで瀬戸なのよ!?」

「なんで……だと？」

なじられたほうは納得いくわけもなく、反論なりさらなる罵声《ばせい》なりが返ってくるのが通例ではある。実際、声をうわずらせた茅野に向けての瀬戸のまなざしはこのうえなく物騒なものになり、細い肩はびりびりとした怒気が漲《みなぎ》った。

（やばい、俺、言い過ぎ……っ）

勢いまかせ、言ってはならないことを言ったと気づいた茅野は、びくっとその肩をすくませる。瀬戸は見た目の細さに反してかなり暴力的だ。彼の憤りもあらわな視線に、茅野は『殴られる』と覚悟した。

しかし、降ってきたのは予想に反して、慣れた罵倒でも鉄拳でもなく、重苦しいため息だけだ。

「それを、俺に言っても、知ったことか」

不愉快そうにため息をついたのは、彼の胸中にも複雑なものが満ちていたせいだろう。

そもそも瀬戸は、優秀な頭脳を持った、非常に冷静な男だった。のぼせあがっている人間になにを説いても無駄と、この非常事態でも状況判断を下せるくらいには。

だが、手一杯になっている茅野はやはり、そんなことまでを慮《おもんぱか》ってはやれなかった。

「――もういい、起きる」

瀬戸はふうっと肩を上下させて目を逸らし、すらりとした脚をベッドから下ろした。あっさりした引き際には、茅野のほうが面食らってしまう。

「え？　せ、瀬戸？」

「今日は早番シフトの新しい子がくる日だろ。いつもより早めに開けるから、おまえもさっさと支度しろ」

てきぱきと告げながら、床に落ちたシャツを拾う仕種《しぐさ》もひどく億劫そうだった。とっさにその背中から茅野が目を逸らしたのは、罪悪感を伴う気まずさからばかりではない。

（こいつ、こんな身体、細かったのか）

瀬戸の背中は、スーツ越しに見るよりずいぶん薄かった。細い腰骨近くには指痕《あと》らしい赤い痣《あざ》があって、彼の言葉どおり自分がどんなふうに『しつこくした』のかを如実に茅野に教えてしまう。

言葉も動作もいつでも淀《よど》みなく、どんなに疲れていても背筋を曲げない瀬戸がおそろしく頼りなく見えて、そして――その姿にぞっとするような艶《なま》めかしさをも覚えた。

（なんだよ。なに、うろたえてんだよ、俺は）

彼も人間で、大人の男であるから、そこはなまなましい情欲だとかを持っているのは、むろんわかっている。

だが、色気とか、艶《つや》だとか、そんなものは瀬戸には不似合いだった。ましてそれを自身の目の前にさらされ、惑乱するような羽目になるというこの状況を、茅野はどうしても受け入れられなかった。

あまつさえ手まで出したとなれば、これはもう、どこから後悔していいのかわからない。

自分の行動に打ちのめされ、目を逸らしたままの茅野に対し、しかたなさそうに再度のため息を落とした瀬戸は、こんなひとことで話を終わらせた。

「遅刻するなよ。給料から差っ引くぞ」

「あ、……ああ」

応える声が喉に絡む。散らばった衣服を身につけて、なにごともなかったかのように瀬戸は部屋を出て行った。

そして現状認識をしそびれたままの、哀れな宿酔いの男だけが、その場に残されたのだ。

＊　　＊　　＊

インポートショップ＆ドリンクバー『セブンスヘブン』を茅野が鎌倉の地に立ちあげてか

ら、二年が経《た》った。

海からはやや遠いが、ＪＲ駅からほど近い通りに面した三階建てのコンクリート打ちっ放しのビルは、賃貸のテナントではなく自社ビルだ。

一階にインポートショップ、オープンスペースで隣接したカウンターコーナーと数組のテーブル席を設けてあり、そこで買いものの休憩がてらの簡単なドリンクサービスも行う。二階は完全に喫茶オンリーで、夕刻をすぎればバーにもなるというシステムだ。

店長である茅野はそのいずれも兼任してはいるが、シフトのメインは喫茶とドリンクバーだ。ショップのほうは接客要員にバイトを雇い、マネジャーとして瀬戸が管理している。

空いた三階はまるまる茅野と瀬戸の住居だ。住まう人間の性質上、茅野の自部屋はどうしようもなく男所帯じみてはいたが、広さだけは相当にある。

ともあれ、インポートグッズにカジュアルファッションを商材のメインとするショップは、そこそこ繁盛している。

不況から回復したとは言われても、購買層の財布の紐は相変わらず固い。チープな商材を求められる時流にもうまく乗ったのだろう。元手を安くあげるために大手の輸入業者は頼らず、海外の個人業者から直接買いつけてくるため、薄利多売で採算は充分取れる。

また、小物とはいえ有名ブランド品でも安価に抑えられるのは、地の利が幸いしていた。同種の商品を扱う店がひしめく都内においては、過度の競争を防ぐために、いずれのショップも平均的な値引き率を求められる。だが鎌倉では、業者チェックの目が届かないため、茅野の小さな店では原価に近いほどの値段で商品を売ることができるのだ。

全国的な観光地としても有名な古都鎌倉とはいえ、このあたりには湘南サーファーらも多く訪れる。若い顧客層は充分に誘致できたし、開店以来、赤字を出した日はほとんどない。

そんな一等地に店をかまえることができたのは、共同経営者である瀬戸のおかげだ。彼はけっこうな資産家の次男坊であり、税金対策の生前贈与にもらったビルを、そのまま改築したのだ。上物《うわもの》については茅野も半分払ったため、土地はともかく、このビルの名義は一応、茅野と瀬戸の共同のものになっている。

ぎりぎりの人数で回す店は忙しいが、日々は充実している。起業家支援のシステムを利用し、開店前に借りた資金もあと少しで返済できそうだし、なにもかもが順調だ。

だが、商売もプライベートもうまくいっていると思いながら、茅野はどこか物足りなさをも覚える自分を知っていた。

だからこそ、刺激のある恋愛を欲していたわけなのだが——。

「はあああ……」

「店長。魂が抜けてますよ」

ずけっと言ってのけたのは、セブンスヘブンの喫茶担当、厨房《ちゅうぼう》および接客のスタッフチーフである、アツミだ。夜には女バーテンとしてシェーカーを振っている彼女の制服は黒いベストにタイトスカート。昼夜兼用で、アツミの細い腰に似合っていた。

「わかる？　アツミちゃん」

「べつにわかりたくありません。わたしが申しあげたいのは、だらしない格好をしないでくださいということです。見苦しいので」

「ひどい……」

ショートヘアのアツミは小柄だが、なかなかの美人だ。性格もさばさばとして仕事も有能、スタッフとしては素晴らしいが、もう少し傷心の男にやさしくできないものかと茅野は恨みがましい目で眺めた。

喫茶からバーへの切り替えのため、シェスタよろしく午後の三時から六時までの間は二階店舗はクローズドの札を下げている。当然客の姿はないが、だからといってだらしなくカウンターになつくな、と、彼女は手にしていたナプキンで茅野の視線を振り払った。

「ちょっと、ほっぺたつけないでください。せっかく拭《ふ》いたのに脂《あぶら》がつくでしょう」

「ひでえ。そんなに脂性じゃないよ？　俺」

失礼な言いざまで罵られても笑って許せるのは、茅野の容姿がけっして、揶揄《やゆ》の言葉のようにしおれたものではないからだ。

むしろ茅野は、二十九という年齢よりも、かなり若く見える。一八〇センチを軽く超えた長身に、無造作を装ったくせのある長髪。ほどよく焼けた肌に精悍《せいかん》さと甘さを兼ね備えた顔立ちは、やや濃いめながら充分に人目を引く。

ことに特徴的なのは、まれに無精髭《ぶしょうひげ》を生やしている厚めの唇。そこから発せられる、かすれた低い声は、その気になれば遺憾なくその魅力を発揮する。

たとえば茅野が、カウンターのなかからフルートグラスを差し出しながら、澄みきった光をたたえる切れ長の目で客をじっと見つめるとする。そしてそこに甘い言葉のひとつふたつを添えると、ドリンクに口をつける前から腰砕けになる客も、男女問わず少なくはない。

むろんのこと、ベッドのうえでは効果抜群だ。しかしそのままふらふらと関係を結んでしまう茅野の性の悪さを知り抜いているアツミには、それらはなんの効力も発揮しない。

「もうじき三十路《みそじ》の男が甘えないでください」

「あっそこ致命傷……」

「どう言いつくろっても三十路は三十路です。オッサンと呼ばれる年齢です」

「……その理屈で言えばさあ、アツミちゃん」

「わたしはオバサン上等です。シェーカー振っちゃうかっこいいオバサンに、望んでなった三十四歳。なにか文句でも?」

「ございませーん」

漫才のようなやりとりのとおり、じつはアツミのほうが茅野よりも五つ年上だ。見た目は二十そこそこにしか見えない彼女の経歴はいささか謎《なぞ》で、かつては銀座の有名店で料理の修業をしていたという。

フランクな店なのだが、経営者ということで立ててくれるつもりらしく、彼女は瀬戸にも、そして茅野にも、一応は丁寧語で接する。ただし言っている内容は辛辣《しんらつ》極まりなかった。

「もうちょっとしゃっきりしてください」

「ふあい、アツミおねーさま」

平スタッフに睨まれて、茅野はふにゃふにゃと返事をした。

家庭も会社の組織でも、女が強くて言いたい放題言えるくらいが平和で健全と思っている口だから、きついことを言われても茅野はいっさい気にしない。アツミもそれを重々わかっているから、最終的に茅野を軽んじた態度は取らず、雇用関係はじつにうまくいっている。

友情にも似たものをお互いに持っていて、単なる店長と店員というには、もう少し密なものがアツミと茅野の間には存在した。

「またふられたんでしょう。まったく、店長がそうだと困るのはわたしだけじゃなくて、瀬戸マネジャーもなんですからね」

だからその台詞《せりふ》にぎくりとするのは、プライベートな話に踏みこまれたせいだけではない。

「え、ええ……？」

うっかりと動揺を顔に乗せれば、仁王立ちしたアツミはカウンターにへばりついた茅野の上目遣いを、ふだんの目線と逆の位置から睨《ね》め下ろしてくる。店にくる客やアバンチュールの相手には、『ちょっと甘えた目がずるいわ』と言われる茅野の目つきは、うさんくさそうに睨むアツミに切って捨てられた。

「そんな顔してもだめですよ。店長の恋狂いはいまにはじまったこっちゃないんですから」

「恋狂いって、あんたそんなあんまりな」

遠慮のない声に顔をしかめるが、アツミはまったく容赦がない。

「だって、ワズライレベルじゃないじゃないですか。毎度毎度この世の終わりみたいに嘆いて、なにもかも手つかずになるんだから」

お説ごもっとものうえ、自分の悪癖を知るアツミにはなんの反論さえもできない。

「うう。アツミちゃんが厳しい」

「だから顔をつけないで。脂がつくって言ったでしょう」

茅野はふたたびうだうだと、磨きこまれたカウンターになつき、今度こそアツミに台ふきでしばかれた。

「どうせあの、ちょっと髪の長い、車椅子の子でしょう。ふられたの」

「……なんでわかるの」

長谷《はせ》由岐也の甘く儚《はかな》い顔立ちを思い出せば、やはりじくじくと胸は痛んだ。けれどもそれが、昨日まで抱えていたあのどうしようもないほどの苦しさを伴わないことに、なにともつかない罪悪感さえ茅野は覚える。

（なんだろな、このもやもやは）

失恋のショックとは違う。正直言えば、それどころではない事態に混迷しているだけなのだが、深くを考えたくはない。

しかしさすがにそこまでは気づかないアツミに水を向けられ、茅野はなぜかほっとした。

「で。今回はどういう顚末《てんまつ》だったんですか」

「聞いてくれるの？」

「言いたくてここで粘ってるんでしょう。聞きますよ。聞きますからさっさと話してください、ほら言った。五分でまとめてちゃちゃっと済まして」

グラスを磨いていた手を止め、男前にも両切りのショートホープに火をつけたアツミの目はなかば据わっていた。冷たいと嘆きつつも茅野は口を開く。

「今度こそ本気だと思ったのに……」

ここ半年茅野が入れあげていた彼との、あのうつくしく儚かった恋について思えばやはり、しんと胸の奥が切り裂かれるように痛み——だが。

「はいそれいいから。イントロ同じだから」

恋愛がらみの嘆きなど結局、当事者以外には人生の重大事にはなり得ないと、アツミの声は教えてくれたのだ。

由岐也との出会いは半年前、ショップに来た、単なる客だった。車椅子で訪れた彼のサポートについたのが茅野で、聞けば海沿いの病院に転地療養に訪れたのだという。

——このあたりはお洒落《しゃれ》なお店が多いから、ちょっと気後《きおく》れしてしまって……。

でもこの店はバリアフリーで、介助なしでも入れたのが嬉《うれ》しかったと微笑《ほほえ》んだ、儚げで危ういまなざしの美青年に、茅野は一目で参ってしまった。

——俺でよかったら、あちこち案内するから。遠慮しないで。

由岐也は高校生のころに神経系のむずかしい病気に罹患《りかん》し、脚の動きがままならなくなったそうだ。

——でも、ひとに迷惑をかけたくないんです。自分のことは、自分でしたいんです。

かたくなな拒絶ではなく、やわらかに他人を思いやっての言葉を口にする由岐也は、健気《けなげ》で懸命だった。アツミ曰《いわ》く『恋狂い』の茅野が、自分ができ得る限りのことを与えてやりたいと思うまでには、さほどの時間はかからなかった。

どこか控えめで内気な彼を、茅野はいろんな場所へと連れ回した。明るく気さくな茅野に対して、かたくならしい彼が心を開くのも早かった。

茅野は彼を憐《あわ》れんでなどいなかったからだ。恋をした相手の脚が動かないという重い事実も、茅野にとっては髪が長いとか短い程度の、個性の一種、ただそれだけのこととしか認識しなかった。

そんなおおらかな――悪く言えば大雑把な茅野の性格を、感受性豊かな青年も、きちんと受け入れてくれたようだった。

それでも茅野は、今回こそは、慎重にいこうと思っていた。いままでの恋の相手のなかでも、格段にやっかいな部分を抱えた由岐也は本当に脆《もろ》そうで、少しでも強引に出れば逃げ出してしまいそうで、どうにか年上の友人のポジションを確保するのが精一杯。

ふだんであれば口説いて即ベッドイン、という茅野の地道な努力が実ったのは、出会って数ヶ月が経過したころ。彼の車椅子を押してやりながら、海に出た日だ。

――昔は泳ぐことも、走ることもできたのに。

そう呟き、寂しそうに俯《うつむ》く由岐也の横顔がきれいで、我慢ができなかったのだ。

――きみが好きなんだ。できるなら、その病気も含めて全部サポートしたいんだ。

同性である彼に恋心を打ち明けることを、茅野はためらわなかった。あまりにも自然な告白に、繊細な彼ははじめ戸惑《とまど》い、そうしてぎこちなく微笑んでくれた。

――茅野さんみたいなひとに、そんなふうに言ってもらえるなんて……夢みたいです。

震えていた唇をそっと盗んでも、彼は微笑むだけで拒むことはしなかった。

そのまま、求めてもいいのかと性急になってしまったのは、惚れたら速攻の茅野にしては長く時間をかけたせいであったし、また由岐也もそれを望んでいるかのように思えたからだ。

――ぼくで、いいんでしょうか？

あくまでもういういしい、控えめな問いかけに、愛《いと》おしさは怒濤《どとう》のように襲ってきて、茅野は天にも昇る気持ちであったのに――。


「あー、はいはい。浮かれてらっしゃいましたもんね。夏ごろね」

「……アツミちゃんいくらなんでも耳をかっぽじるのは……ってなんで背中捻《ひね》ってるの」

「なんだか痒《かゆ》いんですよ、話聞いてると」

「痒いって失礼な。俺のウツクシイ恋の話、聞きたいっつったのそっちでしょ」

涙目になった茅野には取りあわず、アツミはほれ言えとばかりに顎《あご》をしゃくって二本目の煙草《たばこ》に火をつける。

「ウツクシイかどうか、わたしには知ったことじゃございませんので。……で？　その薄幸の美青年くんは、それからなにがどうなさって、店長に別れを告げられたんですか」

話を急がせるなと睨んでもどこ吹く風のアツミに、茅野はただため息をつく。

「それからもなにも……その次の日からかなあ。連絡取れなくなっちゃって」

「ほほう、そりゃまた。無体でもしたんですか」

「してないっ！　もうこっちは持てるすべてを総動員して由岐也をとろとろに――」

「あ、具体的なとこいらないんで、概要をお願いします。ヤったヤらんの他人の床事情はなまなましいので」

「……床事情って物言いのほうがなまなましいよ、アツミちゃん……」

情緒もクソもないアツミの言いざまに呻きつつ、茅野はそのさきを語った。


はじめての夜は、甘く幸福にすぎた。少なくとも茅野にとって、由岐也との時間はとてもドラマチックでうつくしく、申し訳なさそうに茅野の抱擁を受け入れていた彼を、大事にしようと固く誓ったのだ。

しかし、その夜を境に、由岐也とは連絡がぱたりと取れなくなった。

思えばふだんは病院にいる由岐也を茅野が呼び出すわけにもいかず、大抵は彼からの電話や来訪を待つだけの逢瀬《おうせ》だった。そんなことすら失念するほど、のぼせあがっていた茅野が、いまさら気づいてみれば、由岐也の実家の連絡先さえも知らない状態で。

(なにかあったんだろうか)

まさか病気が重くなりでもしたのか。不安にかられ、恐怖さえも覚えつつ見舞いに訪れてみた病院は、すでに転院をすませたあとと聞かされた。

――どうして、彼はどこに⁉

食い下がってみても、家族でもない相手に転院先や連絡先、まして病状を教えてくれるわけもない。うさんくさそうに追い返された茅野は愕然とするばかりで、突然の別離を受け入れられなかった。

そして、その数日後。由岐也からの手紙が舞いこんだのだ。

感謝と、そして非礼を詫びる手紙の文字はとてもきれいで繊細で、そんなところまで由岐也らしかった。

しかし、うっとりするほどの美文にも、茅野はただ打ちのめされただけだった。

——こんなぼくでも、恋をしていいのだと、茅野さんには教えてもらえました。あの夜のことは忘れません……おかげで勇気がもてました。

由岐也には長いこと、思い続けた相手がいたのだ。同性である相手に覚えた恋を、いけないことと思いつめていたが、茅野のストレートな熱意に彼は思いきったらしい。

——あのひとに、正直な気持ちを打ち明けました。彼はひどく驚いたけれど、一緒にがんばろうと言ってくれて、そして……。

主治医だった青年医師もまた、由岐也を思っていたものらしい。

気持ちを通わせた彼らはともにむずかしい病気を治療することを決意して、外国に行ったと知らされたのが、茅野が酔いつぶれた一週間前のことだったのだ。

「いいんだ……由岐也が幸せなら」

思い出すだけで涙がこみあげそうな失恋の話を終え、遠い目をした茅野はふっとニヒルに笑った。しかし、それに対するアツミの反応は非常に冷たかった。

「そうですね、いいんじゃないですか。とりあえず一発はヤったんだから」

「一発ヤったとか言わないでよ、俺の純愛を！」

どんとテーブルを叩いて訴えるも、うろんな目をしたアツミは容赦がない。

「毎度ながら思いますが、店長の恋愛って、イントロも一緒ならサビも一緒の、手癖で作ったJポップよりタチ悪いですね」

「なによアツミちゃん、ひどいじゃない！」

決めつけられ、思わずおネエになってなじれば、「だってそうじゃないですか」と彼女はにべもない。

「要するに火遊び、お試しセックスの相手に選ばれただけですよね。その点ではけっこうにしたたかな美青年でしたようですし」

「うっ」

痛いところを突かれて、茅野は一瞬押し黙る。そしてアツミはさらに、たたみかけた。

「住所も連絡先も、あえて教えないまま、ウツクシイ別れまで演出して、自分はちゃっかり本命ゲット。たいしたタマだと思いますよ。どうせその青年医師とやらには『はじめてなんです、やさしくしてね』くらい言ってんじゃないですかね」

「そ、そんな……由岐也はそんな子じゃ」

「ありそうな話を言ったまでです。まあこの際、由岐也青年の人格を貶《おとし》めてもわたしにはなんの得もないし、去った人間はさっくりデリートするとしまして」

つけつけと言って、アツミはショートホープの灰をぽんと落としたのち、きっぱり言った。

「そもそも、問題は店長です。いいひと路線一直線、といえば聞こえはいいですが、終わった関係にいつまでも浸ってるの、寒いですよ。だいたいが、追いかけ倒して略奪愛するほど、根性もなかったたってことなんでしょう」

「ううっ……」

結局みっともなく追いすがることはできないまま、身を引いたから悪いのはわかっているだけに、アツミの言葉に茅野はうなだれた。

だが、あれ以外にどうすればよかったと言うのだろう。由岐也と青年医師の間にいまさら割りこんだところで、きっと話はこじれるばかりだ。

「俺だって好きでいいひとになりたいんじゃないよ……」

うじうじとテーブルに『のの字』を書いても、やはりアツミはやさしくない。

「つうか勝手に盛りあがっただけでしょ。どうでも気になるなら興信所でもなんでも使って所在調べて、ストーカーなさい。そこまでするほどプライド捨ててないなら、あきらめなさい」

「ひど……っ。アツミちゃんさあ、わかんない!? 俺の純真な思いをどうしてそこまでリアルにたたきつぶすの！」

「純真な思いってのは、住所も知らん相手にヤリ逃げされることですか」

「そうじゃなく！ こう、燃えあがるような恋の最中にはさあ！ 周りなんか見えないじゃない！ いちいち些末《さまつ》なことなんか、気にしないじゃない！」

「燃えあがるって……」

遠い目をして呟いたアツミは冷たく言い放つ。

「相手の素性は些末じゃないと思いますがね、わたしは。ともかく、そこらへんから根本的に見つめ直さないかぎり無理に決まってるでしょう、まともな恋愛なんか」

ほとほと呆れたと言った彼女はショートホープの小さな箱をくしゃりと潰《つぶ》して、手を洗う。

ヨタ話は終わりとその仕種に知らされて、茅野は情けなく眉《まゆ》を下げた。

「俺はただ、胸を焦がすような、ドラマチックな恋愛をしたいだけなのに……」

学生時代から夢見がち、ドリーム持ちすぎと言われ続けた茅野の夢は、自分が好きなだけやれる店を持つことと、そして、ドラマチックな恋愛をすることだった。

ちょっと前に大流行したビジュアルバンドの歌詞のように、愛だ恋だで死ぬだ生きるだ、そんな勢いで誰かに惚《ほ》れて惚れられて、燃えあがるような恋をしてみたい。それが茅野の口癖だ。

おかげで茅野が恋する相手はいつもいつもろくでもない。やくざのヒモつき女、妻子持ちとの不倫に疲れたＯＬ、家庭の問題といじめに疲れ、自傷癖のある少年。

（俺がこの子をシアワセにする……！）

そんな夢と思いこみではじまる恋は、もちろん毎回、見事に砕けた。

それでも、茅野の情熱的な愛情で、目を覚ました相手もたくさんいた。

ヒモつき女は無事にヒモから逃げて郷里で実家の農業を継いだし、妻子持ちと不倫のＯＬちゃんはめでたく退社して、いまは夢だったアパレル業界で生き生き働いている。

自傷癖の男の子は高校卒業と同時にずいぶん背が伸び、いじめられることもなくなって、元気な少女とつきあっている。

――あなたのおかげで目が覚めたの。やさしくしてくれてありがとう。がんばるから。

要するに茅野の愛情は彼らをとてもすてきに更生させたけれども、注いだ分の愛はひとつもまともに戻ってこないまま恋は破れ、ひたすら感謝されて恩人とあがめられている。

毎度毎度ドラマの当て馬役のような自分の存在にほとほと落ちこみ、ぶつぶつとこぼす店長を、バーカウンターの向こうで鈴なりになった常連たちはやさしく慰めてはくれる。

呆れつつフォローに回るアツミと瀬戸も得がたい友人で、人生はそう悪いものではないと、もともと楽観的な茅野は思っていた。

だがその友情の対価はこの、歯に衣着《きぬ》せぬ物言いだろうか。

「自分でドラマチック演出してどうすんですか。店長のそれは恋愛じゃなくてスリルジャンキーです。一種の病気です」

「……瀬戸と同じこと言わないでよ」

やっかいな相手ばかり追いかけ回してばかじゃないのかと、瀬戸に冷たく罵られるのが毎度のオチだ。

「由岐也は俺が幸せにしようと思ってたのに……」

「幸せなんて、他人に『してもらう』ものじゃありません」

口を尖《とが》らせた茅野に、アツミはあくまで冷静に告げる。

「だいたい、現実の恋愛なんかたゆまぬ忍耐と歩み寄りと努力で持続するものですよ。結婚となりゃあ生活で、ありゃ一種の契約です。その年まで夢見られるってのもまあ、奇跡的な性格とは思いますが」

「……ほっといて。そっちはどうなの」

「わたしはひとりの楽さを知った女だから、恋愛面倒くさいです」

アツミ曰く、『恋をしたいなら相手を三ヶ月以上切らしてはいけない』そうなのだ。茅野がかつて理由を問えば『楽に慣れるから』との返答があった。

「男なんか、いなきゃいないほうが楽に決まってます。生活も娯楽も邪魔されないし、結婚する気がなきゃあ、日々の糧を得る方法を知った女三十代が東京砂漠で生き抜くには、恋はけっこう邪魔なんです」

これでアツミの台詞が負け惜しみでなく、本気だから茅野には反論のしようもない。その悟ったような考えの根底に、どんな過去があるのかは——怖くて聞けない。

また実際近ごろの女性の間にはこの手の認識は浸透してもいるから、恋に憧れる男はせいぜいが小さなツッコミを入れるのが関の山だ。

「東京砂漠って、ここ神奈川ですが」

「男が細かいこと気にしない。店長、暇なら床にモップかけてください」

「ふあああい」

甘えはあっさり切って捨てられ、邪魔だと追い立てられた。アツミの上司を上司と思わぬ態度にも、文句を言わず立ちあがった茅野に、どっちが店長なんだかとアツミは苦笑した。

「ま、そのうちいいひと見つかるでしょ。そう落ちこむこともないですよ。一週間も経ったんだし、時間薬がなんとかするでしょ」

「……そうねえ」

しおれた広い背中にぼそりと告げられた古めかしい言い回しは、もしかしたら慰めだろうか。あいまいに笑うしかなく、茅野はモップの柄を摑《つか》んで、こっそり息をつく。

（でもちょっと違うんだよなあ）

結局アツミには真実を語ることはできなかった。アツミに告げたとおり、彼からの最後通《つう》牒《ちょう》はすでに一週間前に届いたが、茅野がいま地の底まで落ちこんでいるのは、由岐也との別離が原因ではないのだ。

（まさか、瀬戸とああなっちまうとは思わなかった）

モップの柄でごんごんと額を叩いたところで、どうにもならない。茅野は結局いまだに、あの夜の顛末も展開もまるで思い出せないでいる。

しかし、最低なことに行為の濃厚さだけはひどく鮮明に覚えているから厄介だ。

あえいだ声、息づかい。細い身体の汗にまみれた感触などが、ふとした瞬間には背中がぞくりとするほどになまなましく蘇る。

だが夜ごと悩ましく茅野を煩悶《はんもん》させるそれらの記憶にはやはり、どうにも現実感がない。

その理由はなぜかと問われれば――。

「おい、茅野いるか」

声質はなめらかに甘いのだが、滑舌《かつぜつ》がよいせいできつく感じる瀬戸の声に、茅野はどきりとした。

「あら、瀬戸マネジャー。どうなさいました？」

「アツミちゃん、悪いけど茅野、下に寄こしてくれるかな」

「え、え？　俺？　なに？」

表情だけはいつもどおりを装いつつ、茅野は早まる鼓動を知る。

あの朝、自失状態から脱した茅野は、これからどんな顔をして瀬戸に接すればいいのかわからないと煩悶した。

このうえなく厄介なことに共同経営者である瀬戸とは、同じ部屋に住んでいる。店は毎日開けなければいけないし、仕事中もこうしてしょっちゅうやりとりがある。

仕事でも家でも否応《いやおう》なく四六時中顔をあわせて、あの気まずい空気を毎日味わうのかと想像するだけで目眩がするほどだった。

しかし、従業員出入り口からひょいと顔を出した、茅野の気鬱《きうつ》の原因は、あれからまるでなにもなかったかのような態度を変えない。

「この時間なら手は空いてるだろう。おまえ、一時間くらいショップに入ってくれ」

「え？　バイトいるだろ。野田《のだ》どうしたの」

「客が切れなくて、野田くんがまだ休憩取れてないんだ。昼食をとらせないと」

「ああ、なるほど。了解」

ひたすら端的な事務連絡、口調も表情も、長年見知った瀬戸らしいクールなものだ。

どういう顔をしていいものかわからない茅野の葛藤《かっとう》などまるで関係がないと、その涼しい表情は語るようだ。それもまた、茅野の複雑さに拍車をかけている。

(気にしてんのは、俺だけかよ)

おかげで茅野も、ひとり動揺するのがばかばかしいような気分にもなる。実際こうして顔をつきあわせ、会話をしていれば、あの一週間前の朝が本当に夢であったのかとさえ思えてくるほどだ。

しかしやはり、以前とは決定的に違うものは、たしかにある。

「あ、そうだ。野田が休憩取るのは、いいんだけど。瀬戸、おまえは?」

階下の店に向かう茅野が、ふと問いかけたのは、すらりとした瀬戸のスーツ姿が、いやに細く見えたせいだったろうか。

「俺がなんだ?」

「おまえはメシ食ったわけ? ……っと」

階段の途中、茅野がすれ違いざま振り返ると、思うよりも近い距離に瀬戸の顔があった。

ふっと視界に飛びこんできたのは、きれいなアーモンド形の二重《ふたえ》の目と、薄い唇。

「わ、悪い」

「いや」

そのことに一瞬たじろいでしまった自分に、茅野は内心舌打ちし、そして瀬戸もまたゆっくり、皮膚の薄そうな瞼を一度下ろしてまたあげるというアクションをする。

(なにいまさら、驚いてんだか)

なにしろ瀬戸とは小学生からのつきあいで、言うなれば身内以上に身内のようなものだ。肌が触れあうほど近く、体温を感じる距離にあっても意識することさえないような心やすさは、茅野の身体に染みついてしまっているはずだ。

だというのに、なめらかにきれいな瀬戸の顔立ちや、吐息のかかりそうな近い距離に、いまさら惑うような気分になるおのれを茅野は持て余した。

「ええと……」

「なんだ？　どうかしたのか」

しかしそんな動揺も、瀬戸にはいっさい関係ないことのようだった。不審げに寄せられた瀬戸の眉は、手入れをしている様子もないのにうつくしく整っていて、顔をしかめるといっそう神経質な印象がある。

自分より十センチほど下にある、きつい視線の持ち主は、気づいてみればずいぶんと華奢《きゃしゃ》な体型をしていた。その薄い清潔な皮膚や細い骨格に頼りない印象がないのは、いつでもぴっと背筋を伸ばしているせいで、実寸よりも大きな体格に見えるからだろう。

優美な首筋は長くしなやかで、ネクタイを締めてもワイシャツの襟ぐりには、隙間がある。だから既製品を着るなと言うのにと、ふだんの茅野ならば眉をひそめるところなのだが。

（……指入りそう）

散漫な頭でそう思った茅野は、一瞬で浮かんだ自身の発想の危うさにひとり慌てた。

「茅野？　なんなんだ」

「あ、ああ、いや。食ってないならここで軽く食べてけよ。アツミちゃん、なんかある？」

できるだけさりげなく視線を逸らし、アツミに問いかけたのは気まずさと同時に感じるやましさのせいだ。また、間近に見た瀬戸の顔色に、純粋な心配を覚えたせいでもある。

「ピラフ程度ならすぐできますよ」

「おい、俺は――」

「いいから食っておけよ。一時間くらいなら俺だけでもどうにかなんだろ」

かまわないというのに。そう言いたげな瀬戸の薄い背中を軽く、手のひらで押す。なにも含むところはないからできるのだと告げるための所作にさえ、茅野はずいぶんと神経を使ったのだが、瀬戸はやはり気にした様子はない。

「一時間もいらねえよ」

「ま、いいからいいから。アツミちゃん頼むね」

「了解いたしました」

憮然《ぶぜん》と目を眇めた瀬戸が、『おまえひとりでは心配だ』という顔をするのもいつものことだ。信用ねえなと薄く笑った茅野は、ひらりと手を振って背を向け、従業員専用の薄暗い階段を降りていく。

「……なんだってんだよ」

階段のなかほどまで辿《たど》りついた茅野は、足を止め、長い指でくせのある髪を掻《か》きむしる。

笑ってみせた顔は、歪んではいなかったろうか。心を許していたアツミや瀬戸に対し、いままでこんなふうに身がまえたような覚えがないだけに、奇妙な疲労感ばかりがつのる。

(なんであんなに、平然としてられんだよ)

状況を考えると、茅野が不満を持つ筋合いではない。けれど、あれだけのことが起きたというのに、まったくなかったことにされてしまうと、身勝手に、男としてのプライドが傷つくような気分にもなった。

「いまさら……なんだってんだ」

いちいち動揺する自分も腹が立つが、それ以上に冷静すぎる瀬戸が最も解せない。

(そりゃ、なかったことにはしたかったけどさ)

瀬戸にとって、あんなことはたいしたことではなかったのだろうか。親友、といってしまえば面はゆいが、少なくとも、あんな不慮の事故のような出来事でこじれたくないと思う程度には友情が存在したと思っていた。だが、それは茅野だけなのだろうか。

(まあ、なんだ。たしかに、これでいいんだけど)

気にはするものの、こうして『なかったこと』にしてくれている瀬戸の態度に、助けられてもいる。だからこそ、複雑なのだ。

なんだか落ちこんできて、ぐったりと階段のなかほどで吐息した茅野へ、頭上から鋭い声が飛んでくる。

「——おい、茅野！　まだ降りてないのか!?　下から内線入ったぞ！」

「ふあああああい」

見あげれば、クールで冷静な友人は、目を吊《つ》りあげて怒鳴っていた。そのあまりにも変わらない表情に、安堵《あんど》と落胆を感じる自分のことが、結局茅野は一番わからないのだった。

＊　　＊　　＊

（ああ、帰ってきたか）

ぼんやりと自室のベッドに転がったまま、茅野はドアの閉まる音で察した。

瀬戸の帰宅は、毎晩遅い。

セブンスヘブンのインポートショップは、閉店時間が夜の六時と割合早い。夜の早いこの街では、バーのほうも時計の針がてっぺんを回る前に閉店になる。そちらを担当している茅野のほうが本来は勤務時間が長いはずなのだが、瀬戸より遅くあがったことはない。

（なんか、だるそうだな）

瀬戸の足音は、この夜いささか疲れているようだったが、無理もない。実質ふたつの店の経営を一手に担っている彼は、店が閉じてからのほうが残務処理が多かった。

もともと瀬戸は、大手の輸入品を扱う商社で、優秀な営業として働いていた。仕事のノウハウをきっちり身につけて、昇進だ、役職だと期待されているなか、強引に引っ張る茅野に負けて、この店の立ちあげに力を貸す羽目になったのである。

茅野はといえば、じつはまともな就職経験もなく、書類関係がからっきしである。最初のうちは実務を分担しようという話は出たのだが、ザルすぎる茅野に目眩を起こした瀬戸が、ややこしいことについては自分がやったほうがましだと仕事を取りあげたのだ。

会社員時代のワーカホリック癖は、そうそう抜けないらしい。自宅に持ち帰るとけじめなく延々やってしまいそうだからという理由で、瀬戸は毎晩、シャッターを下ろした一階店舗の奥、事務室にこもって書類仕事を片づけているのだ。

おまけに、最近入ったバイトがあまりにも使えないのも問題だ。本来、茅野が二階のフロアにいる間の補充人員にするつもりが、指導するのは瀬戸の役割になってしまっていた。

(無理すんなっつうのに)

させているのは誰だと、アツミあたりには突っこまれそうだ。自嘲《じちょう》しつつも、ぼんやりと茅野は思う。

(あいつ、なんでそこまですんだろう)

このところぐるぐると同じことばかり考えているせいで、気分はすっかりローなままだ。

おかげでいままで疑問に思ったこともないことまでも、不思議に思えてきた。

なぜ瀬戸は、輝かしいエリートの道を捨ててまで、この小さな店の経営者になることを承諾したのか。茅野にとっては百人力だが、彼にはなんのメリットもなかったろうに。

「わっかんねえ……」

呟きとともに、瀬戸に見咎《みとが》められれば目を吊りあげられる寝たばこの煙を吹きあげる。

しかし茅野がなにより吐き出してしまいたいのは、白い煙などでなく、胸の奥でじくじくとやるせないこの感情だと自覚している。

(ああ、こんなことぐだぐだ考えてる俺って鬱陶《うっとう》しい。つか、うざい)

アツミに由岐也との別れ話を打ち明けてからもう六日、つまり瀬戸となるようになっちゃってから、すでに二週間近くなる。

瀬戸はまったく、変わらない。

あの日のことをおくびにも出さない瀬戸に、もしかしたら夢でもあったのかとさえ、近ごろの茅野は思いはじめている。

(んなわきゃ、ねぇんだけどさ)

瀬戸にしてもあのクールさにプライドの高さだ。彼が男に抱かれる性癖を持っているとは思ったこともなかったし、忘れたいのかもしれない。

それならそれで助かるんだけど。そう思いながら、どうにもおもしろくないものを感じてしまうのだ。

こうまですっきりしないのは、茅野自身が、あの日の自分の言動そのほかをまるで、思い出せていないせいもある。いったい、なにがどうしてああなったのか。自分はともかく、素面《しらふ》だった瀬戸がなぜそれを許したのか。

強姦《ごうかん》したとだけは考えられなかった。瀬戸はほっそりとして見えるが、幼いころから合気道を習っており、段こそ取っていないが凄腕《すごうで》だ。顔だけは文句なしにきれいで、そのせいか一見はおとなしげに見えるのだが、実際には口が悪く、激情家でもある。

実際の話、学生時代、瀬戸の容姿にのぼせあがり、不埒《ふらち》な真似に及ぼうとした上級生を投げ飛ばしたこともある。だから、茅野が彼の意に染まないことを強要しようものならば、あの朝、とても無傷ではいられなかったはずなのだ。

(でも、じゃあ、なんで?)

まさか合意のセックスだったということか。いやしかしそこにいたるまでの状況が、まるで浮かばない。考えれば考えるだけ思考はループに陥って、目がまわりそうになってくる。

「わかるか、そんなもん」

やけくそのように呟いて、茅野は短くなった煙草を指先で揉《も》み消す。そして、いっそ逃避の眠りに入るかと目を閉じた瞬間、いきなり部屋のドアが開いた。

「茅野、ちょっといいか――」

「ひわっ!?」

苦悩の原因である当人から声をかけられた茅野は、ベッドのうえで飛びあがった。素《す》っ頓《とん》狂《きょう》な悲鳴をあげて振り返ると、瀬戸がその怜悧な顔をしかめている。

「なんなんだ、変な声出して。寝ぼけてるのか」

「な、なんでもねえよ。なに、なんか用か」

焦った自分が腹立たしく、茅野は顔を歪めて身を起こした。変にうしろめたいものだから、声音《こわね》はつっけんどんなものになる。だが、寝入りばなは不機嫌な茅野を知っている瀬戸は、表情ひとつ変えることはないままだ。

「起きてるならちょっと話があるんだ。仕入れについてなんだが」

平然と部屋に足を踏み入れ、手にした書類を差し出してくる瀬戸の動きに、なんのためらいも感じられない。おまけに、ベッドのうえであぐらを組んだ男の隣に、これもまったく気にした様子もなく腰掛けるから、茅野のほうが腰が引けた。

（なんだかなあ）

この平静な顔はいったいなんなのだ。情けなくなる茅野に、エクセルで作成された一覧表の数値を示す細い指の持ち主は、やや苦い声で淡々と告げる。

「ここを見てくれ。この時期になってもまだ夏物が一部出て行ったんで、在庫がやばい」

「ありゃ。今年思ったより残暑が長引いたからな」

「その代わり、秋物の出が悪いが。どうする、補充」

セブンスヘブンは海に近い立地のおかげで、年間を通しTシャツ関係はそこそこの売り上げになる。土産品やサーファーの必需品として、切らしてはならないアイテムなのだが、その在庫が品薄だと在庫の数字は示していた。

「んーじゃあ、新作の小物関係入れて、それと抱きあわせでディスプレイ変えてみるわ」

「ああ、そろそろ目垢《めあか》もついたしな。じゃあそっちは任せる。経費関係出してくれ」

「了解」

商品企画と店での接客、店員の管理が茅野の担当だ。書類仕事はできない代わり、柔軟な発想と天性のセンスで店の商品を回していくことができる。それがあるからこそ、事務関係は任せろと瀬戸が言ってくれているわけだろうと、茅野は自負してもいる。

そうでなければ、人並み以上に仕事に厳しい瀬戸は、いまこうして同じく書面を見つめる位置にはいないだろう。

「セッティングはすでに秋仕様にしてあるから、いじれるのは壁面あたりか？」

「だな。あまり大きく動かすのも、いまの品揃《しなぞろ》えじゃ無理だろう。せいぜい、ラックケースくらいか」

店内の状態をざっと想像し、いま足りないものはなにかと茅野は考える。

「アクセでも、少し入れてみっか。どっかに仕入れにいかないとな」

カジュアルラインに見合うアクセサリー系は現状やや弱いとも感じて、そうなると買いつけに回る必然性が出てくる。書面を睨んで呟けば、瀬戸はあっさりとした声で、茅野の心臓をくすぐるようなことを告げた。

「おまえの自作のやつは、やらないのか」

「……え？」

シルバーアクセサリー製作は、茅野がもっと若いころ、露店でアクセサリーを売っていた職人に弟子入りして覚えた技術だ。露店といっても、茅野の師匠であるその職人は、当時有名美大の彫金科の学生で、けっこうな腕前でもあった。いまでは渡欧して、名のあるブランドの工房にいるらしい。

そんなわけで茅野自身もそれなりの腕は持っている。だがなにしろ手作りなので大量生産には向かないし、学生時代に友人相手にいくつか売りつけたりした程度で、製作も店の経営が軌道に乗ってからはすっかりご無沙汰《ぶさた》になっていた。

「あれ、か？　けど、点数追いつかねえよ」

「目玉になればいいんだろう。レアものでオリジナルアクセってのも有りだとは思うが」

正直、店が持てなかったらどこぞのショップにでもデザイン持ちこみをやるのもいいかと思っていた。多趣味すぎて腰の据わらない茅野の夢のひとつとして、自分の店で自分のデザインしたシルバーアクセサリーを売るのは、大きなポイントでもあった。

しかし、実際にセブンスヘブンを立ちあげてみたときに、商品ラインにそれを使わず買いつけしたもので済ませてしまったのは、微妙な吹っきれなさと――およそ茅野には似合わないことに、恥ずかしさもあったのだ。

「だっておまえ、売れない商品なんか入れてもしゃあねえって」

瀬戸に『やってみろ』と言われたのは、正直に言えば嬉しい。だが、本当にいいのだろうかとためらいぐずった茅野に、彼はさらにきっぱりと言った。

「ああ、そりゃ言った。商売の基本だからな」

店を立ちあげるにあたり、まずは商品ラインを決めるとき、冒険しがちな茅野と堅実派の瀬戸では意見が嚙みあわずさんざん揉めたことを思い出し、茅野は苦く唇を嚙む。

――遊びじゃないんだ、これは仕事なんだぞ。趣味だけでやりました、結果はこけましたですむ問題じゃない。自分に厳しく、徹底的に選べ。

そのときの瀬戸の厳しい表情は、夢見がちな男にある種の覚悟を決めさせた。一流大学に通って一流企業に就職し、順風満帆だったはずの未来を捨てて、友人の夢にかけるには、瀬戸こそ覚悟がいったはずなのだ。

責任を知れと告げるようなあの言葉から、茅野は自作の、それもまったく我流のアクセサリーなど商品として出せるわけもないと、臆病《おくびょう》にも感じてしまったのだ。

それは取りも直さず、茅野自身が瀬戸の目を、その感覚を信じていることに他ならないのだが、厳しいはずの男はやはりあっさりと言う。

「だから言ってるんだろう。前々から思っていたが、売れば売れるもんを、なんでいつまでも出さない」

「へ……」

思いがけず真摯《しんし》な目をした瀬戸は、突然の提案に面食らう茅野へときっぱり告げる。

「接客なんか店員補充すればどうにかなるだろう。バーにへばりついてないで、製作に時間回すのはどうなんだ？」

「いや、でも……」

「おまえの店だろう。本当は、売りたかったんじゃないのか」

うっすらと微笑んだ瀬戸は、知っていると言いたげに声の調子を変える。その瞬間、茅野の胸にはなにか、熱いものが湧《わ》きあがった。

誰より認めてほしいと願い、ある種ライバルとも感じている賢く聡い親友の言葉への歓喜と、そしてもうひとつ。

（こいつ、こんな顔だったっけか？）

やわらかく笑んだ唇の、甘そうな赤い、薄いラインの完璧《かんぺき》さだ。

茅野にとっては見慣れたものだが、瀬戸が実際たいそうな美形なのは知っていた。

派手作りのせいか、遊んでいる風な印象の拭《ぬぐ》えない自分とは違い、繊細で神経質そうな顔立ちの彼は、昔から見たままの優等生だった。

幼いころから、つるりとした輪郭におのおの整ったパーツを埋めこんだような瀬戸の顔立ちは、人形めいた印象のある完璧なものだ。幼少期の美形は成長に伴ってバランスを崩すこともままにあるのだが、瀬戸は奇跡的なまでにそのうつくしさを損なわなかった。

学生時代には対照的なふたりがつるんでいるおかげで、注目度は二倍にもなったし、連れの友人の容姿がいいことは男として単純に誇らしくもあった。女集め狙いで彼を合コンに連れ出したのも一度や二度ではない。好対照の友人によって自分の魅力が引き立つことも茅野は知っていたから、悪い言いかたをすればそれを利用した部分もある。

だが、しみじみとその顔についてきれいだとか、そんな風な感慨を覚えたことはこの二十年、一度たりとてなかった。あまりにも近くにいすぎて、彼もまた『他人』なのだと意識したことがなかったせいだろうか。

「おい？　どうした」

息を呑んで黙りこんだ茅野に、怪訝そうな声がかかる。その言葉の発音どおり縦横に動いた唇のモーションがやけにゆっくりと見えて、手のひらにじんわりと汗が滲んだ。

隣にいる男を覗《のぞ》きこんでくる瀬戸は、話の途中で首が苦しいとネクタイをほどき襟元のボタンをふたつほどはずしていた。くつろいだその姿はすでに見慣れたものでもあり、いまさらなんの感慨もないはずだった。

（……やばい）

ましてやときめいた覚えなぞも皆無で、意識してしまうことすら茅野には受け入れがたい。だというのにこの一瞬、たしかに茅野は伏した睫毛《まつげ》の長さや、首の細さに驚いたのだ。

(やばい、これはやばい、すごくやばい)

理由はわからないまま、一瞬で跳ねあがった鼓動がひどく苦しくなる。思えば、あの朝以来これほどまでに長い時間、近い位置で瀬戸と向きあうのははじめてで、いまさらながらその距離感を意識した。

「話聞いてるか？　茅野」

「あ、ええと」

怪訝そうに眉をひそめて、それでも瀬戸の顔立ちはうつくしいままだ。覗きこまれて焦り、茅野が身じろいだ瞬間ぎしりと鳴ったベッドの軋《きし》みが、沈黙の合間にひどく響いた。

「……っ」

身を硬くしたのは同時だった。その瞬間、いまのいままで気配さえも滲ませなかった瀬戸のまなざしがほんのかすかに揺れたことで、一気に部屋の空気が重くなる。

夢でなど、ありえない。瀬戸もまた忘れてはいないのだとその、ほんの一瞬の瞬《まばた》きに教えられ、茅野はうわずった声を出し、目を逸らす。

「そ、そうだな。バイト、もう二、三人くらい入れて、製作にかかるか」

「あ、……ああ」

まずい。

「といってもいまから製作じゃ、間にあわないし。やっぱり買いつけは必要だろう」

「そうだな。いつからならいい？　いま、アメリカ行きってチケット安いはずだが」

とにかくまずい。これはまずすぎる。その言葉だけがぐるぐるとまわり、傍《かたわ》らの友人の気配がおそろしく濃厚になるのを茅野は感じる。

「おまえ動けないだろうし、俺、行ってくるわ」

「そうか？　じゃあ、バイトのシフト調整してどうにか回すか」

さきほどまで、顔をつきあわせるようにしていた距離が開いた。目があわせられない茅野の頭は虚《うつ》ろなままで、それなのに勝手に、飄々《ひょうひょう》とした声は唇を飛び出していく。

「おまえ、もう寝たほうがいいだろ。コレ一応、見ておくし」

「そうだな、さすがに疲れた。続きはまた、明日」

事務的な会話を交わしながら、睨みつけても少しも頭に入ってこない数字の羅列に目を落としたまま、茅野は腰をあげた瀬戸へひらひらと手を振ってみせた。

「おやすみー」

その態度に、ため息が聞こえたような気もしたが、実際どうだったのかは判断がつかなかった。出て行く瀬戸がどんな顔をしているのかもう、わからない。

「……おやすみ」

そっと聞こえた声の甘さも、わかりたくない、というのが本音かもしれない。

ドアが閉まる音がして、ようやく呼吸を止めていた自分に気づいた。瞬きを忘れたまま硬直した茅野は、ばさりと書類を取り落とす。

「なんなんだよ」

吐息とともに唇をついて出た呟きは、震えていた。おそろしいまでの緊張感が途切れ、どっと背中に汗が噴き出す。書類を手放したままの形に開いた手のひらさえ小刻みに震えていて、呆然と茅野は自分のそれを見下ろした。

「まっずいだろ、これ」

いままで生きてきたなかでも最大級の動揺が身の裡《うち》を駆けめぐる。

なにをしたわけでもない、ただ目線が絡んだだけでこうまで狼狽するようでは、今後、瀬戸とやっていくのに支障が出るのは明らかだ。

どうにかしなければいけないと思う。せんだっての過ちはともかく、茅野自身は瀬戸といつまでも対等なつきあいを続けていきたい。だが、こんなにいちいち身がまえてしまうようでは、長く大事にしてきた友情にさえ亀裂が入ってしまう。

瀬戸がどんなに『ふつう』にしてくれていても、茅野がこうまで取り乱してはどうにもならない。

(どうにか——そう、そうだ、いっそ)

新しい出会いがあればいいのだ。開放的な西海岸で、仕事と恋愛と一挙両得、こんなおいしいチャンスはないだろう。

アツミ曰くの恋狂いに陥ってしまえば、たぶん直情な自分はそれしか見えなくなるはずだし、時間が経てばこんなハプニングもきっと、互いの記憶から薄れていく。

瀬戸にしてもあんなことは忘れたいだろう。忘れたいはずだ。だからあんなに、なにもない顔をしてみせるのだと考えて、理由のわからないままちりっと痛んだ胸の訴えはこの際、まるっと無視をする。

なにかを無理にねじ曲げたような違和感はあって、しかしそれの正体は摑めない。

その「アメリカか。交渉と買いつけで、一週間ってとこか」

そのインターバルで頭を冷やし、ついでに新しい恋も見つけて、また以前のようにやっていけばいいのだろう。

そうだそれがいいと思い決め、ひとりうなずく茅野は深く考えることもできないまま、その思考がまるっきり、逃避であることにまでは気づけなかった。

＊　＊　＊

渡米までの短い期間に、茅野は怖ろしいまでに精力的に働いた。アツミに不気味がられつつも、茅野不在の間の補充人員となるバイト店員をきっちり教育し、朝から晩までかけずりまわって、一階店舗も二階の喫茶バーもフルタイムで顔を出す。

「……なんかあったんですか店長」

「いろいろねっ」

その間にも秋から製作に入るアクセサリーの材料費から割り出した経費関係を取りそろえ、企画書まで作りあげるにいたっては、瀬戸も驚いたようだった。

「ずいぶんやる気だな」

「ん、まあね」

こっそり書きためていたデザイン画を添付したその書類に目を通し、セットコーディネイト案までを提案すれば、あっさりと瀬戸はそれに承認印を押す。

「おい、なんかえらくさくっといったな」

「これだけ練りあげられてれば、べつに反対する理由はないだろう」

いいのかと上目に問う茅野へ、苦笑まじりに言葉が返ってくる。実際、数日のうちにまとめたとはいえ、長年——それこそ店をはじめる前から考えていた商品開発の企画書には、反対要素は見つけられないだろうと茅野自身思ってはいた。

「やりたいようにやれよ。そのための店なんだろう」

そのために俺がいるんだろうと告げるようなまなざしは暖かく、表情こそ変わらないものの、瀬戸がおのれに寄せてくれた信頼を語るに充分なものだった。

「……うん。じゃ、フォロー頼む」

「ああ」

なんだか胸が詰まるようで、返された書類を握りしめる茅野は目を伏せた。照れたと思ったのか瀬戸は深追いすることもなく、また手元の書面に目を落とす。

(そうだよな)

無言の信頼と、安心感。言葉は少なくとも自分を理解してくれ、なおかつ仕事を任せることのできる相棒と、これ以上ややこしくなったり、気持ちに隔たりを作りたくはない。

「ああ、チケットの手配はしておいたから、これ」

「あ、おう。悪いな。……ってエコノミーかよ」

贅沢《ぜいたく》を言うなとすげなくされて唇を尖らせつつ、それでもほっとする。

(こいつとは、こういうのがいいんだ)

そう考えた瞬間の得体の知れない苦さには目を瞑《つむ》って、茅野は自分に気合いを入れる。

「うおっし、じゃあ明後日からだから。あと、頼むね、アツミちゃん」

「まあいいですけど」

ガッツポーズを取りつつ、しばらくは不在にする店を任すとチーフである彼女に告げるや、アツミはなぜかうっすらとした笑みを浮かべる。

「店長が気合い入れるとろくなことないんで。空回ることのないように、お気をつけて」

「やなこと言うね」

水を差すなと膨れてみせながら、なぜか茅野はぎくりとした。実際、自分でもなにか浮《うわ》ついているような、足下のおぼつかないような不安感は残っているのだ。

「俺が仕事にやる気出したらいけないの？」

「ま、悪くはないですが」

あいまいな発言のままアツミは口を閉ざし、すました顔で手元のグラスに目を落とす。にやにやと笑う赤い唇に居心地が悪くて、茅野はそのまま背を向けた。

ようやく取り戻したかに見える平穏を、もっと強固なものにして、二度とあんな過ちは犯すまいと茅野は思う。だからこそ急《せ》いて、あの自由の地でなんとしてでも、新しい恋を摑まねば。

あれから茅野に対して、瀬戸があの日の事件を蒸し返すことは、やはり一度もないままだった。だからきっと、彼も忘れたいと思っているのだろう。

(だってあんなの、間違いなんだからな)

これでいいんだ、これが正しいはずだ。そう思いながら肝心のことを置き去りにしたような奇妙なその揺らぎは、あの日の、思い出せないままの記憶に惑ったときの感覚とよく似ている。

「ああ、茅野、ちょっといいか」

「んあ、なに？」

たとえ、瀬戸からなにげない声で話しかけられるだけで胸の奥がざわついても、それはうしろめたさのせいだろう。それ以上を考えてはいけないと、脳の奥で警鐘が鳴り響くまま、茅野はなにかから目を逸らし続けた。

必死な感じは、いままでに同じだ。恋を探して、報われなくてまた探して、そうして必死に走っているけれど——いまはなにか、その背中を追ってくるものから目を背《そむ》けているような、じんわりした不快感がつきまとう。

だがそれも、日本を離れると同時に終わるはずだ。少なくとも新しい出会いが、自由の地では待っているはずなのだ。

買いつけの交渉から契約成立までに、茅野がもらった時間は予想に違《たが》わず一週間。その間にどうにか新しい出会いをして、きれいさっぱり瀬戸との過ちは忘れるぞと、固く心に誓う。

いちいち誓わなければならないほど、そのことに囚《とら》われている自分には、茅野は気づくことができない。

茅野は長らく恋を探してさまよってはいたけれど、それは甘い恋愛のイメージに憧れ、得られないなにかに焦がれて求める、幼いまでに純度の高い渇望から起こした行動だった。

アクセサリー製作も飲食店の接客も、どちらか選べず両方欲しくて、そんなふうに強欲だからまとめて手に入れようと思った。

気が多いのも認めるが、どれにも本気でぶつかって、だから破れるときにもやはり、激しく嘆き落ちこんだ。理屈はなくただ惚れこんだものを、がむしゃらに追いかけ続けてきただけだ。

ただ欲しいから欲しい。茅野のある種はた迷惑な個性でもある、子どものようなその行動原理に反したことは、いままでにない。なにかから目を逸らすために『夢中になるもの』そのものをわざわざ探したこともない。

まして逃避のための恋愛など、自分が一度としてしたことがないということを、このときの茅野は完全に失念していたのだった。


そしてほどなく渡米の日は訪れる。意気揚々と出かけていった茅野は、このあと自分に訪れるだろうドラマチックな恋愛の展開に思いをはせつつ、窮屈なエコノミーのシートで夢を見た。

けれどなぜか、その夢のなかに出てくるのは、あの小むずかしい顔をした親友の、きれいな背中ばかりだった。

＊　＊　＊

一週間はあっという間にすぎていく。店長不在で慌ただしいセブンスヘブンでは、不慣れなバイト店員もなんとか挨拶《あいさつ》くらいは大きな声でできるようになった、そんなころ。

「ただいまあ……」

茅野は彼自身の予想ともまるで反して、どころか誰もが驚くような、この世の終わりかという顔をして帰ってきた。

「どうしたんだおまえ」

時差による寝不足というだけでは理由のつかない顔色に、さすがの瀬戸も心配を顔に表している。その顔をちろりと眺め、息をついた茅野は、ただ力なく首を振るしかできなかった。

「まさか契約に失敗でもしたのか⁉」

「いきなりそれか。体調の心配でもしろよ。報告のファックスは入れただろう」

うっそり茅野は呟くが、実際ファックスは入れたものの、ふだんの出張であればこまめに入れる電話も、今回は一度としてしなかったのだ。

「店長、だから生水は飲んじゃだめって言ったじゃないですか」

「下痢でも食中毒でもねえよっ！」

眉をひそめてかぶりを振るアツミにとりあえずツッコミをくれれば、両手を頰《ほお》に当てた彼女はさらに悲愴《ひそう》な声を出した。

「じゃあまさか、ひとに言えない病気でも」

「性病も伝染病ももらってません！　空港のチェックも無事通過！　アツミちゃんあんた、俺のこと、どういうキャラ認定してるのっ」

わめいてみせつつ、それだったらどんなにましかと苦渋を浮かべた顔の茅野は、契約書類の入った封筒を瀬戸へと押しつけた。

「買いつけてきた荷物は、急ぎのは航空便で明日かあさって。残りは船便だから一ヶ月後には届くってよ。ブツも点数も問題ないだろうけど、チェックしてくれ。一部予算はみ出た」

「あ、ああ」

不機嫌をあらわにした茅野というのもめずらしく、さすがに面食らった顔で瀬戸は首肯する。

「だいじょうぶなのか？　おまえ」

気遣うような声をかけられ、ざわりとした苛立ちがひどくなった。このまま瀬戸の顔を見ていれば、心にもない罵倒さえ浴びせてしまいそうで、そんな自分の幼さにも余計苛立った茅野は無理矢理に笑みを浮かべてみせる。

「ちーっと強行軍で疲れたわ。休んでいいか、今日」

ふだんならば遠距離の出張であろうとなんだろうと、戻ってきたら出勤しろと告げるはずの相棒は、その言葉にわかったとうなずく。

「ああ、もうあと数時間で店じまいだしな。話は明日でいいから、ゆっくりしてこい。ひどい顔色だ」

口うるさいくせに、こういうときにはどうしてか、瀬戸はやさしい。息苦しくなって、もう言葉も交わせないまま、茅野は背を向けて自宅へとその長い脚を進めていった。

「最悪だ」

ひさしぶりの部屋は、なぜか出張に向かう前よりもきれいになっていた。たぶん見かねた瀬戸が片づけたのだろうと思えば、脱力するような気分にもなる。

不在の間、勝手に部屋に入られたという不快感はない。というより、そんなことをいちいち気にする性格ではなかったし、いままでにもあまりの散らかりように瀬戸が怒りながら整理整頓をしたことなど、何度もあった。

きれい好きで几帳面《きちょうめん》な友人に世話を焼かれるのも昔からで、気づけば礼を言いはしても不愉快と思ったことなど一度もない。

なのにこのいま、茅野を取り巻くのはざわざわと血が騒ぐような落ち着かなさなのだ。

渡米前、寝起きのままだったベッドも、きちんとアッパーシーツまでかけられている。

(几帳面なんだよなあ。……ったく)

あいまいな記憶にしかないが、あの日、ここでたしかに瀬戸と濃厚に肌を絡ませた。

その場所で、あの冷静な男が、どんな顔でベッドメイクをしたんだろう。

想像すれば目眩さえ起こしそうで、それよりもなによりも、瀬戸がこの部屋にいたという事実だけで動揺する自分をもはや、茅野は誤魔化しきれないのだ。

「マジで最悪」

両手で顔を覆ったまま呻いた茅野は、ぴんと張ったシーツのうえへと腰を下ろして深々とため息をついた。

自分の私物を勝手にいじられても、なんのためらいもない相手について、考えざるを得ないとようやく認める。

机のうえ、サイドボード。眺めたさきにある小物や書類は、茅野がなにを必要としてなにを不要とするのか、きっちり理解したうえでの整理整頓がなされていて、ため息がこぼれる。

物言わぬそれらは、そんなことができるのは瀬戸をおいて他にないのだと思い知れと、語るかのようだ。

実際、茅野の母親でもこうはいかないだろう。そもそも女手ひとりで茅野を育てた母は男勝りで働き者ではあったけれども、致命的に家事が苦手だった。高校を出るまで育った自宅の光景はいつでも雑然としたもので、だからいつでも快適に整えられた部屋の心地よさというものを、茅野は瀬戸と暮らし始めてから知ったようなものだ。

――どうしておまえ、ディスプレイだデザインだはきれいにできるのに、部屋のなかはこうなんだ！

——ほら、なんつの？　片づけられない症候群ってあるじゃん。

——なんでも脳のせいにする最近の風潮は俺は好きじゃない！

怒鳴られて怒られても、ちっともかまわなかったのは、瀬戸がそうして説教をするなか、けっして『育ちが悪い』というような発言をしなかったからだ。

——ずぼらはずぼらだ、ただなまけてるだけだ！　大人なんだからちゃんとしろ！

ただ、茅野自身の怠惰さを、それのみを批判する、偏見のない清冽《せいれつ》なまなざし。

努力で直る部分はきちんと正せと、根気強く言い続けるあの性格を好ましく思って、だからそれを崩したくはなくて、あんなに——悩んで。

間違いのように寝てしまったことを、なかったことにしたいと思いつめた。そのくせ、瀬戸が忘れた素振りを見せているのに腹もたてて、いったい自分はなにをしたかったのだろう。

「茅野？　だいじょうぶか？」

頭を抱えたまま、電気もつけない部屋で肩を落としていれば、その苦悩の原因がそっとドアを開ける。

「なに。店はどうした？」

「おまえなに言ってるんだ。もうとっくに閉めてるぞ」

本当にだいじょうぶかと近寄ってくる瀬戸こそが、疲れた顔をしているのに、どうしてこんなタイミングで気を遣ったりするのだろう。

だらしないと、いっそ叱ってほしい。みっともないと突き放されればそれで済むことなのに。

「熱でもあるのか。向こうは気候も違ったろうし」

聞いたことがないくらいにやさしい声を出して、窺うように顔を覗きこまれればもう、限界だ。

「茅野っ⁉」

「——なんでだ？」

細い腕を摑んで、引きずり寄せる。一瞬よろけた瀬戸は目を丸くして、座りこむ茅野の肩に手を置く。

「俺、どうしちゃったんだよ、なんでだ……⁉」

呻きながら、強引に抱き寄せた瀬戸の腹に顔を埋《うず》めた。摑んだ指がまわりそうな、華奢な手首の感触にはたしかに覚えがあって、肌と肌を隔てるスーツの布地が邪魔でしかたなかった。

「茅野、おい？」

「全然だめだった」

「なにがだ、報告書は見たぞ？　そりゃ予算は多少オーバーしたが、ブツはよかったし売れ

筋も押さえてきただろう」

なにを言い出す、と怪訝な声を出した瀬戸に、違うと茅野は首を振る。

茅野がいま、地の底まで落ちこんでいる理由。それは商売上の問題ではむろんない。

新しく目星をつけ、必死になって飛びこみの交渉を取りつけた相手はその熱意を買ってか、今後の条件についてもかなりの色よいものを示してもくれた。うまくすれば定期的に取引もできそうで、まずまず以上の結果も出せただろう。

だからこのいまの鬱屈の原因は、もうひとつの目的のほうになる。

「ばいんばいんの金髪ねーちゃんも冗談のような色男もいっぱいいたのにっ」

「……だから、なんなんだ。意味がわからない」

惚れっぽい自身を自認していた。ちょっと容姿が好みであれば割合すぐにその気になる自分であったはずなのに、今回ばかりは勝手が違った。

「なんだって、俺は手ぶらでのこのこ帰ってきてるわけよ!?」

八つ当たりのようにわめきながら、瀬戸の薄い腹に顔を押しつけるという怖ろしく矛盾した行動を取る自分に、茅野は本気で情けなくなってくる。

「ああ、ナンパでも失敗したのか?」

「そんなんじゃねえよ、くそっ」

混乱しきったそれに、頭上からはあきれかえったような吐息が落ちてくる。

失敗、それならまだましだ。縁がなかったとあきらめればいいのだ。しかし茅野の苦悩は、もっと根本的な話に根ざしている。

(なんで俺はどうにもその気にならなかったんだ!?)

意気ごんで出かけたはずなのに、あちらにいてもまるっきり、誰にも心の動くことのない自分がいて、茅野は愕然となるばかりだった。

「茅野、痛い」

歯ぎしりしながら呻いて、細い腰に回した腕を強める。さすがに痛いのか、ほんのかすかに瀬戸は息を詰まらせ身を硬くして、そのもの慣れない仕種に茅野の体温があがっていく。

「痛いって言ってるだろう、離せ」

「だって、おまえのせいだろう!?」

八つ当たりと知りながらわめけば、なんのことかと瀬戸は顔を歪めた。

「俺が知ったことか。ふられたからって責任転嫁するな」

「ふられてないってのっ!　ベッドまでは行ったんだよ……なのに」

今回仕事の相手先で出会った金髪美人は、平均的に体格にボリュームのある欧米人にしてはスレンダーな体つきで、あまり肉っぽい印象もなく、ルックスだけなら死ぬほど茅野の好みだった。

おまけにいまの相手とうまくいっていないらしく、頼る相手が欲しいといわんばかりに、けっこう露骨なモーションをかけられていた。

好みの容貌、面倒な事情にちょっと不幸そうな印象ときて、たかが国籍の違いなどどうでもいい——いままでの茅野ならそう思うはずだったのに。

「おまえはEDかって罵られたんだぞ！　それとも妙な趣味でもあるのかって、うっかり鞭《むち》まで使われそうになって」

ベッドに誘われて結局なにもできないどころか、不能扱いされたと唸った茅野に、瀬戸はしらじらとして、そのくせ血の凍るような声を出した。

「ああ。それで新しい世界を知って、ぐったりってわけか」

「違うっつの！　本場のSのお相手なんかごめんだから、逃げてきたんだろうが！」

おそろしいことを言うな、と涙目でわめいて顔をあげると、目を眇めたままの瀬戸がじっと見下ろしている。

「だから、おまえはさっきから、なにが言いたいんだ」

冷たいまなざし、平坦な声。情けないと心底呆れて、そのくせに抱きしめられた腕をふりほどくこともしない瀬戸は、見あげる角度にあってもそのうつくしさを損なわない。

鋭角的な顎のラインは、体毛が薄いせいでほとんど髭もない。かすかに眉をひそめ、なにかを言いかけるように薄い唇を開いた悩ましいその顔立ちに、茅野は見惚れた。

甘い容姿に高潔なたたずまい、けれどどこか繊細な印象。この二十年ろくに気にすることもなかった、ただ造形的にきれいだと思っていた瀬戸の顔立ちこそが、自分の好みのストライクゾーンであると気づいてしまった。

「どうしてくれるんだよ。なんだこりゃあ!?」

離れていた一週間、渡米の日から現在にいたるまで、結局この男のことばかりを考えて眠れなかった。

役立たずと罵られたそれも、瀬戸とのことでショックが大きすぎて、その気になれないのかもしれないとさえ思った。

(だったら、なんだってこんなあっさり……)

鼻先を押しつけたスーツからは、瀬戸がいつも纏《まと》うやわらかいフレグランスが香った。お堅い瀬戸はこの手のものを自分で身につける習慣はなかったけれど、接客仕事で少しは洒落っ気を出せと、この店をはじめたときに茅野が勧めたトワレだ。

嗅《か》ぎ慣れたそれに、ほっとするような安堵と同時に静謐《せいひつ》な色香を感じる自分がどうかしている。そう思っても、熱くなる身体も早まる鼓動もセーブできない。

ボンデージの女王様にしばかれそうになって逃げた、あの夜の恐怖に震えたままの身体は、この瞬間たしかに瀬戸に慰めてほしがっている。

「なんで、あんだけされてダメだったのに、俺はいま、勃っちゃってるわけ!?」

かたくななのは、茅野の頭だ。いまの関係を壊したくなくて、変容を認めたくなくて逃げ出した、臆病で滑稽《こっけい》な男の叫びは動揺を表してうわずった。

「ばかか？　おまえは」

混乱するままの茅野に、やはり瀬戸はくだらないとため息をついてみせる。

「そんなことでぐだぐだ考えてあの態度か。やっぱり茅野がなにか考えると、ろくでもないってアツミちゃんの意見は正しいな」

「ろくでもないって、俺にとったら一大事なんだぞ！　なんでおまえ相手にこうなわけ⁉」

「そんなこと言ったって」

くだらなくないだろうと嚙みつけば、しかしあっさりと瀬戸は言い放つ。

「おまえ、ものすごく俺のこと好きじゃないか」

「……はい？」

商品設営完了、と告げるのと同じほどのトーンに、茅野は一瞬自分の耳がおかしくなったのかと思った。

目の前の端整な顔をした男は、いまなにか、ものすごく重要なことを言ったらしいのだが、茅野の海馬《かいば》は情報の解析をストップしてしまい、言語野にまで届いてくれない。

「いいから、手を離せ、痛い」

ついでに股間《こかん》を膝に押しつけるなと、苦い顔をしたまま瀬戸は肩を竦め、あまりのことに目を瞠ったまま、茅野はあっさりとその抱擁をほどいてしまう。

「ったく、このばか力。この間のあれもなかなか痣が消えなかったってのに」

皺《しわ》になったじゃないかとスーツの上着を引っ張り、憮然と言う瀬戸はなんら、ふだんと変わりがない。

これはたとえば、客の入りが悪かった月の報告書を読んでいるときであるとか、茅野が失敗をやらかしたときの呆れた風な表情とか、その折々に浮かべられる少し不機嫌そうな、瀬戸のデフォルトの顔だ。

なのに好きって。甘いやわらかいその言葉に、あまりにも瀬戸が噛みあわない。

「あの」

「なんだ」

「好き？　って、言ったか？」

誰が、誰を。そう思いつつ、指先で自分から瀬戸へと交互に指してみれば、肩を上下させて吐息した瀬戸は目顔で「そうだ」と肯定する。

「違ったのか？　もうずいぶん昔っからで、俺は知ってたが」

「ちが、……って、いや、その」

なにをいまさらと切って捨てられ、茅野は呆然となりつつ、疑問を口にした。

「なんだ、嫌いだったのか、じつは」

「そりゃ好きだけどその。えーっと」

「まどろっこしい。なんなんだ。はっきりしろ」

なんでこんな話を、偉そうに仁王立ちして腕を組み、睥睨《へいげい》する親友相手にしているのだろうと思いつつ、茅野は要点をどうにかまとめた。

「それは、結局、えっちしてＯＫの意味の好き？」

ふつう、この局面で、こんなことを訊《き》くのは自分ではないような気がする。戸惑いつつ、おずおずと問いかけると、やはり瀬戸は瀬戸だった。

「寝ただろ実際。ついでにおまえの股間のそれはなんなんだ」

片目を眇めて指摘され、あまりに男らしく潔い瀬戸に、もはや茅野は涙目になる。

「だって俺わかんねんだもん」

「もんってなあ。甘えてどうする。自分の股間くらい自分で管理しろ」

それがままなるようなら男はこんなに哀しい生き物じゃないと言いたかったが、瀬戸であれば実際、ストック管理と同じ理屈で情動さえきれいに整理してしまえる気がした茅野は黙りこむ。

「まあ、おまえがそんなふうに落ち着くくらいなら、俺も苦労しないけど」

「どういう意味？」

「本能だけだからなあ。茅野は」

苦笑した顔が存外にやわらかく、茅野は性懲りもなくどきりとしながら整った顔立ちの親友を眺めた。まなざしには茅野が恐れたような変容も拒絶もなにもなく、相変わらず冷静で、そのくせ暖かく見守るような光だけがある。

「覚えてないんだ」

「そうだろうな」

ようやく口にした、主語のないそれをあっさりと瀬戸は受け止める。むしろ茅野のほうが怪訝な顔になるから、彼の困ったような笑みはますます深まった。

「まさか、いまさら寝るとは思わなかったけど。それもありかと思ってただけだ」

さすがに対面で話すには気まずくもあるのか、肩を落とした茅野の隣に腰掛けながら、瀬戸は少し早口で言う。

「あ、ありか、って……だって、俺ら、いままで」

「うん、まあ。そういうんじゃなかったからな」

細い首をかしげた瀬戸はその言葉にはうなずいたが、まあそれでもいまさらかもしれないと感じていたと告げた。

「そもそも、なんで俺はここにいるわけだ？」

「なんでって」

「おまえが頼みこんできたとき、俺がどういう状況だったか、覚えてるか？」

問われて、店を立ちあげようと決意した時期、すでに彼が大企業の、管理職になるべき人材として見こまれていたことを思い出す。

「覚えてる、けど」

「こっちがOK出すまで一年も粘って通いつめてたろう」

エリートコースを驀進《ばくしん》する親友に、会社を辞めてくれとせがんだのは、自分の夢に瀬戸の協力はなくてはならないと思いつめたからだった。

しかしそれとこれがどう繋《つな》がると茅野が眉を寄せれば、そのときの言葉までは忘れていたかと瀬戸は苦笑した。

「おまえしかいない、俺に人生預けてくれ、おまえだけが頼りなんだって。会社の前まで追いかけ回してきて、正直、社内じゃホモのストーカーだって噂になってたんだぞ」

「うえ!?」

なりふりかまわなかったことだけは覚えていたが、そこまで恥ずかしい台詞のオンパレードだったとはさすがに気づいていなかった。赤くなりつつ青くなった茅野に、根負けして人生踏み外したじゃないかと苦笑する瀬戸は、昔からおまえはそうだと吐息する。

「おまけに道ばたで土下座までされれば、もう、わかったって言うしかないだろう」

夢中になればまわりが見えず、とにかく目的を達成するまで必死になってしまう茅野は、その途中経過を覚えていないことも多々あった。改まって言われればたしかに、おそろしく迷惑な人間なのかもしれない。

「ご、ごめん」

「まあ、いいけどな。大人らしい分別のある茅野なんか気持ち悪い」

その迷惑を、二十年近く一身に背負わせる羽目になった友人へ上目に詫びれば、それも承知のつきあいと笑う。

「子どもみたいに純真に、夢を叶《かな》えるんだなんて、この年で言えるやつもそういないしな。そういうのが、おまえの強みでもあるんだろう」

瀬戸の笑みにはどこか、力の抜けた気配があった。そして彼もまたこの数週間、やはり少なからず気を張っていたと茅野は知る。

（瀬戸の睫毛、こんなに長かったのか）

それを申し訳ないと思いながら、眺める横顔のラインがきれいだとか、睫毛の長さにばかり気がいく自分はどうかしている。

「それとなあ」

「へ、な、なにっ!?」

ぼうっとそれに見惚れていた茅野は、ふっと息をついた瀬戸が真面目な顔でこちらを見やったことに慌てた。うわずった声にかまうことなく、瀬戸は少しひそめた声で言葉を紡いだ。

「毎回毎回ふられたっつってるけど、理由はなんでかわかってんのか」

「え……？」

とっさに言葉が返せなかったのは突然の問いに面食らったのと、茅野自身それがわかるくらいなら苦労しないと思っていたからだ。目を丸くすれば、やっぱりわかっていないのかと瀬戸は呆れた顔をする。

「おまえと別れた相手と、俺だってアツミちゃんだって面識があるのもいた。大抵店の客だったからな」

「それは、知ってるけど」

まだわからないかと怜悧な目に睨まれて、思わず茅野が顎を引けば、考えてみろと瀬戸は言う。

「おまえ、なにかっちゃあ俺の話ばっかりしてたの、自分でわかってたか？」

「え……」

「瀬戸に任せればだいじょうぶ、瀬戸がいるから安心って、そればっかりだって言われて、なじられたことあるんだぞ、俺は」

意識することもないまま安心して背中を預けきって、当たり前のように帰る場所のある相手に、誰が本気になるものか。

あっさり言いきられ、過去の遍歴を振り返れば茅野は愕然とする。

「そ、そんなの」

「ないって言いきれるか？」

畳みかけられ、茅野は口ごもる。たしかに不安定な恋人たちに、自分はこう告げていた。

――誰かひとり、信じる相手がいれば、それでけっこう世のなかどうにかなるんだよ。

茅野自身、あまり生い立ちは明るいとは言いきれない。母は明るく逞《たくま》しい女だったけれど、実のところ茅野は私生児で、父の顔を知らずに育った。

どうやら愛人と呼ばれる手合いであったらしい母は、ごくたまに寂しい横顔をみせていた。それを眺めて育った茅野はだからこそ、夢見がちと言われても、たったひとりのひとを愛し抜くことに憧れたのだ。

偏見も心ない言葉もたくさんぶつけられ、自分ひとりで生きる方法を探索したのもそのせいかもしれない。挫折《ざせつ》も知ってそれなりにすれもして、そうして大人になって。

それでも、夢は叶うとばかみたいに信じていられたのは、呆れつつ悪態をつきつつけっして自分を見限らない瀬戸がいたからだ。

「女の子はまだそれでもどうにかなったろうけど、おまえ、ここんとこ男もいただろ」

仕事をはじめる覚悟がついたのも、瀬戸が絶対にいてくれるからだと、茅野は誇らしげに誰にでも語った。むろん、そのときどきの恋人にも。

「おまけにへたをすれば共倒れになる共同出資だろ。それはゲイ婚とどう違うんだ、とも言われた。籍入れてないだけの話じゃないかって」

「う……」

一生ものの契約は、ゲイを自認する手合いにとって、まるっきり「結婚済み」の男と一緒だと認識されていたらしい。仕事場も自宅も共有で、おまけに家にはけっしてあげないとなれば、たしかに「浮気相手」扱いしていると言われてもしかたないのかもしれない。

茅野はといえば、自身のかつての言動にも露呈した事実にもすっかり打ちのめされていて、もはや力なく肩を落とすばかりだ。

「俺、もしかして、ひどいひと？」

「そのへん無意識なんだってのも、相手の子たちはみんな、気づいてたみたいだけどな。だからべつに弄《もてあそ》ばれたとは思わないけど、って」

無自覚に罪作りな自分の行動を教えられ、煩悶する茅野になぜか、瀬戸はなだめるような声を出した。

「それから、この間の車椅子の子。あれが一番ストレートかな。俺見てあきらめたって言いに来た」

「由岐也が!?」

「茅野さんが本気だって勘違いしそうだから、これ以上ぐらつく前に消えますって。でもそれは、本人には言わないでくれって口止めされてた」

「……そんな」

「俺と茅野はそんなんじゃない、って言っても聞かなくて。案外頑固だったな、あの子も」

細い、しんなりした身体と睫毛の長い繊細な顔立ち。それでいて意志の強いまなざし。自分よりも十ほど年上の瀬戸に、よく似たものを持っていると気づかされたときに、よろめいていた心が決まったと儚い彼は瀬戸に告げたという。

「手紙一通で最後通牒じゃ、いくらなんでも彼も一方的すぎるだろうと思って。まあ俺が言う筋合いじゃないが、事情を教えてやろうと思ったんだ」

由岐也にふられたと泣きついた夜、本当は瀬戸はその話をするためにつきあっていたのだと教えられた。

「そしたら、おまえはもうやけ酒でべろべろになっちまって、言い出せる状況じゃなくなった……だろう」

言いにくそうに、ほんのかすかに頬を染めた瀬戸のなまめかしい表情に、茅野はごくんと息を呑んだ。

「状況、って、つまり、その」

「……言っておくが、口説いたのはおまえのほうだったからな」

泥酔し、あいまいな記憶のなかにしかない事実を示唆して、困ったやつだと瀬戸は笑った。

「俺、なに言った？」

「さあな」

すっぽり抜け落ちているその時間のなかで、自分が発した言葉を教えてくれと茅野が眉を寄せても、瀬戸は答えない。だが、逸らした横顔と、その首筋まで赤いあたりを見てとるに、おそらくは店の立ちあげ時の数倍は恥ずかしい真似をやらかしたのだろうと想像に難くなかった。

「いやじゃ、なかったのか？」

自己嫌悪と羞恥《しゅうち》に死にそうになって、そのくせに、しっかりその淡い色に染まった瀬戸の目元を見つめていたりするから手に負えない。

「そうだなあ……」

言外に、ひどいことをしなかったかとおそるおそる問うてみる。力ずくであれば抵抗もしただろうけれどと、ほころんだ唇のまま瀬戸は言う。

「寝ても寝なくても変わらないと思ったし、俺はべつにどっちでもよかったよ」

どうせ一生つきあうし、おまえだから。

笑うその顔に、長年許されてきたと知ればもう、茅野はただ謝るしかない。

「……ごめん」

「いいさ、もういまさらだ」

やはりあっさりと、そんなひとことで終わらせて、瀬戸は笑う。ふだんあまり表情を変えないだけに、ひどく貴重なその甘い笑みが眩しいような気がして、胸が痛かった。

（一生なんて、そんなあっさり言いやがって）

不安定にふらふらして、寄る辺ないまま生きてきた茅野だった。けれど、その人生のほとんどに、瀬戸の姿はあったのだ。

伏した睫毛と、ゆるやかにカーブする薄い唇。

そういえば、店に関しては経営と内勤だけでと彼が言い張っていたのに、強引にショップの接客もやらせたのは茅野だった。清潔でどこか艶めいた瀬戸の顔立ちを、誰かに見せびらかしたくて店に立たせていた部分もなくはないのだ。

(俺、いままでなに見てたんだろ)

いままでろくに意識もしなかった顔立ちが、あまりに当たり前にそこにあったせいで見慣れていただけなのだと知る。そうと思って見ればどこもかしこも、たしかに瀬戸は茅野の好みだった。

しっかりと冷静な性格も、案外に激情家なところも、自分をちゃんと叱ってくれてそれでいて、見捨てないでくれたことも。

「……なあ」

「なんだ」

厳しくてやさしい彼に、そっと声をかけてみる。自分でも驚くくらいに甘くなったそれに対して、そっけなく顔を見ないままのくせに、たしかに傍らの細い身体が体温をあげた。

「俺がおまえに惚れてるのはもう認めたけど。おまえはどうなの?」

「なにをぐだぐだと……って、おい」

その瞬間、ただ許されるだけではいやだと、強欲な心が叫びをあげる。強い熱を帯びたまなざしでじっと見つめ、すがるようにして細い背中を抱けば、瀬戸は少しだけうろたえる。

「な、んだこの体勢は」

「なんだって、あらためて口説いてもいいのかなあと」

「も、もういらん！」

「なんで？　どっちでもいいって言ったじゃん。変わんないんだろ？　だったら」

しよう、と言いながら薄い清潔な耳朶《みみたぶ》を噛む。びくりと薄い背中が強ばって、胸を押し返そうとする手のひらに力があまり入っていない。

「寝ても寝なくてもどっちでもいいんだろ。じゃあ、しよう」

茅野が言いきると、瀬戸は啞然《あぜん》としていた。

延々逃げまわったあげく、諭されて恋を自覚したとたん、いきなりこれだ。茅野自身、単純かつ直情な自分に呆れもする。だが、そういう自分を瀬戸は結局赦《ゆる》してくれるのだろう。だったら、このさい図に乗っておく。ついでに身体にも乗ってしまえと顔を近づければ、瀬戸が声をうわずらせた。

「ま、待て。だからって積極的にしたいとは思ってないっ」

世にもめずらしい、赤くなってうろたえる瀬戸というのが新鮮で、またその不慣れな様子にさえ煽《あお》られる気分にもなっていた茅野は、ぶうっと唇を尖らせた。

「なんでさー」

「な、なんでって」

いろいろと男らしく言いきったくせして、冷静沈着な彼が見せためずらしい動揺にひどく高ぶって、いっそこのまま——と誘えば目をうろつかせた。

「な、だめかな。瀬戸」

「あ」

首筋を舐める。とろりと舌触りのいい肌の感触にうっとりするよりもさき、腰にくるような小さな声が聞こえた。

「……いやだ」

「なんで？」

声をあげたことが悔しいのか、うっすらと涙目になりながら睨みつけてくる。ひどくそれがかわいくも思えて茅野が笑えば、余裕と感じたのか胸をひとつ叩かれた。

「もう、なしだ、こういうのは」

「だから、なんで」

けれど、嚙みしめた唇がなにかを堪《こら》えるようにつらそうで、少し抱擁をゆるめると、瀬戸は青みを帯びた瞼を伏せる。しかし、胸に刺さるような儚げな表情を浮かべた彼は、茅野が思ってもみないことを言いはじめた。

「だって俺は、トラウマなんかないぞ。生まれてこのかた苦労知らずだ」

「へ」

間の抜けた声をあげた茅野にかまわず、目を逸らしたまま早口に瀬戸は言いつのった。

「実家だって金持ちだし両親揃ってるし、受験でも仕事でも挫折したこともないんだ。いじめにあったこともないし、ひとに強烈に嫌われた覚えもない」

「な、なんだよ急に」

あげくじりじりと腰で逃げる瀬戸に、なにを言い出すのかと茅野が目を丸くしていれば、だから、と彼は赤くなった顔で告げる。

「いままでおまえのつきあった連中とは違うんだ。おまえの好きな不幸体質じゃないんだから、こういうので慰めてくれんでもいいんだ」

「いや、あの、瀬戸さん？」

「それにもう、それこそいまさらじゃないか。しなくたっていいだろう」

饒舌《じょうぜつ》に、さきほどの言を翻すような矛盾したことを言いつのる瀬戸を呆然と眺めていた茅野だったが、最後のひとことに気づいてにんまりと笑みを浮かべた。

「……瀬戸」

「な、なんだ」

「おまえ、恥ずかしいんだろ」

指摘すれば、かっと小さな顔が赤くなった。もともとあまり日に焼けない顔立ちなので、その変化の度合いは鮮やかにすぎる。

「この間はケツが痛いとか平然としてたくせに。そっか、あのときえらい不機嫌にしてたのも、ほんとは——」

「やかましいっ！」

照れ隠しかとにやにや笑えば、いきなり飛んできたのは細いけれど強靭《きょうじん》な脚の蹴りだった。予測ずみであったためにそれを躱《かわ》し、そのまま足首を摑んでベッドに転がすと、瀬戸は悔しげに唇を嚙みしめた。

「茅野、なにする気だっ」

「なにって、言わなきゃわからん流れじゃないでしょうよ。もう一歩、踏みこんだおつきあいを深めるべく、身体のコミュニケーションから……ってえ！」

にやけたまま言う茅野の顎が、瀬戸の掌底《しょうてい》を食らう。舌を嚙むところだったと不満顔をすると、瀬戸は必死の面持ちで声を荒らげた。

「いいだろう、いままでどおりでっ。おまえだって、あれは忘れようと思ってたんだろう!?」

「だって自覚なかったんだもん。おまえのこと好きとか」

手のひらを返したような態度をなじられているのはわかったが、そこで引き下がっていては結局平行線だ。厚顔上等と居直って、茅野はさらにのしかかる。

「なんでこうなるのかわかんなくて、せつなかった、俺」

「だ、だから押しつけるなそれ……うわっ」

あれだけ平然としていたくせに、実際に触れた瀬戸はいちいち敏感に背中を跳ねあげる。少し考え、あの冷静さの理由に気づけば茅野は苦いものを感じた。

「もう、忘れないし、逃げないから」

小さな声で囁くと、びくりと震えて硬くなった身体に、予想が真実と教えられる。

おそらくは瀬戸のなかであのできごとはすでに、過去のものとして処理されようとしていたのだろう。

間違いのようなセックスも、茅野がいくつもかけてきた迷惑のひとつ。だからなにも変わらない。そんなふうに気を張って、それでいてひとつも茅野を責めずに、自分だけで終わらせようと思っていたのだろう。

「なんでおまえなんだって、言ったじゃないか」

「ごめん」

ふだんであれば容赦なく茅野の失敗を罵る彼が、ひとつとしてあの朝の暴言に反論しなかったことこそが、瀬戸が傷ついていた事実を知らしめる。

「だいたいおまえの酒は、タチが悪いんだ。誰彼かまわずいままでそうし、……ん」

聞いたこともないような弱い声で漏《も》らした、なじる言葉に胸を摑まれて唇を塞《ふさ》ぐ。瀬戸は抵抗しないまま、そっと濡《ぬ》れた目を伏せた。

「ん、……んん」

そろそろと口腔《こうこう》を探ると、落ち着かないように身をよじった。肩口のシャツを摑む指が震えていて、あまりこの手のことに慣れていないのはよくわかった。

「これもいや？」

「やめ……」

「俺としないならそれでもいいけど。俺、他のやつと瀬戸がセックスすんのやだな」

だから誰ともするなと言って首筋に嚙みつくと、濡れた唇が悪態をつく。

「またそういうガキみたいなわがままを……っ」

「それが俺だって、瀬戸が言ったんだろ」

しゃあしゃあと言いながら、浅い呼吸に上下する胸をさすればまた震えた。

頭もよくて懐も広くて、冷静で大人な瀬戸が腕のなかで乱れるさまは、たまらなくそそる。なにもかもかなわない相手に唯一勝てるのはこれしかないのかと、やや情けなく思いながら、案外に純真なのはどっちのほうかとようやく茅野は笑う。

セックスもキスも、自分たちには必要ないと思っていた。そんなことがなくてもたぶんお互いを手放せないと、それだけは無意識に感じるまま、いままでつきあってきた。

それは必要ないからではなく、ただ、当たり前のように傍《そば》にありすぎて気づかなかったのだと茅野は思う。

瀬戸は茅野にとって、空気のようなものだろう。あるとは気づかないけれども、なければあっさりだめになって、死んでしまう。

「浮気もしません。ふらふらもしない。だから、おまえも教えてくれよ」

好きだよと、熱に浮かされるのではなく、こんなに穏やかに凪《な》いだ気持ちで伝えるのは瀬戸がはじめてかもしれない。覗きこんださきの目が揺れて、それだけでひどく満たされる。

いままでに何度も、いろんな相手に口にした愛の言葉。けれど、瀬戸へと捧げた『好き』という告白は、自分の気持ちまであたたかくする。

「わかるだろ、そんなもの」

「わかんない。俺ばかだから」

だだを捏《こ》ねる子どものように言って、手も繋がないまま貫き通した純情を秘めた相手に、今度こその本気をわかってもらうため口づける。

「瀬戸、なあ。してもいい？」

再三のおねだりに、結局瀬戸はひとことも言葉を発しなかったけれど、長い口づけの合間、背中に腕を回してきた。一度だけ咎めるように平手で叩いて、そのあとぎゅっとシャツを握

りしめる指先が、これでわかれと茅野に告げる。

「愛してるから、させて」

「……同じことを、言うな」

相好《そうごう》を崩した茅野が囁くと、憮然とした声が返ってくる。

いつでも冷静で堅い男の憎まれ口は、消え失《う》せた夜の間に茅野がどれだけ恥ずかしい男であったかという事実の一片を、ようやく教えてくれたのだった。

＊　＊　＊

そのままなだれこむつもりだった茅野を押し返し、強行に瀬戸は風呂に入ると言い張った。時間稼ぎがしたいのはわかっていたし、そこまでを無理に押すほどに青くはない。

しかし、風呂あがりにそのまま速攻自分の部屋に逃げようとしたことだけは許せないまま、腕を取って引きずりこみ、押し倒しているあたりは、結局茅野も余裕などなかったのだろう。

湯あがりの肌からは、もうフレグランスは香らなかった。その代わり石けんの清潔な甘いそれと、瀬戸自身の体温がまじった匂いで、茅野は充分くらくらになる。

「ち……茅野、茅野っ」

「あんだよ」

ひどく焦った声の瀬戸が肌を吸っていた男の頭を押し返し、焦《じ》らすつもりかと睨みつければ顎を引く。その所作はひどく初々《ういうい》しく、瀬戸には似合わないような気がする。

「そ、そんなのするのか」

「そんなのって？」

しかしこのきれいな顔に浮かんだ困惑は、違和感よりなにより茅野の危険な情動をさらに煽っただけだ。

口づけたまま、律儀にもパジャマを纏った瀬戸の細い身体を抱きしめ、急いた手つきでそれを脱がせた。まだなんとなく落ち着かない様子の彼に、なにか安心するようなことを言ってやろうかとも思ったが、茅野自身がどうもそれどころではない。

「だってべつにそんなとこいじらなくていいだろう、女じゃないんだから」

「女も男もないじゃんか、乳首、感じない？」

「し、知らな……あ、うわっ」

息を切らし、この間とは違うと眉を寄せた瀬戸は、ふだんの冷静沈着な彼と同じ人物とは思えなかった。胸をいじり続ける指を躍起になってはずそうとする彼に、茅野は微笑ましさと同時に強烈な欲情を感じた。

記憶にないけれど、あの日の瀬戸もこんな顔や声を見せていたのだろうか。そう思えば脳裏から失われた時間が惜しくてたまらず、ついつい手つきもしつこさを増した。

「つうか、この間俺、いったいどうやったの」

「どう、どうって……だ、だからそれやめっ」

尖った小さなそれは、茅野の太い指にはあまりに頼りない。指の腹で押し転がせば、けなげなまでにぴんと硬くなって、そのたびに瀬戸は細い肩を尖らせた。

「まさかと思うけど、いきなり突っこんだりしてないよなあ？」

「そ、……っ」

ぎゅっと指に挟みこんで引っ張りながら問うと、瀬戸は言葉も返せないまま唇を嚙んだ。呑みこんだ嬌声《きょうせい》の代わりにか、しなやかな腰は一度大きく跳ねあがり、そこに兆したものを茅野へと教えてしまう。

「なあ。俺、ちゃんとした？」

「あっ」

濡れた先端がこすりつけられ、茅野の腹筋はそのなめらかな感触に震えた。膝《ひざ》を立てて身をよじった瀬戸を許さないまま、捩れた腰に手のひらを這《は》わせて一気に奥まった場所まで撫で下ろす。

「おまえのここ、ちゃんとやわらかくなるまで濡らした？」

「ば、やめ、……んん……っ」

汗ばんだ肌はしっとりと手のひらにやわらかく、そのなかでも脆そうな部分へと指を忍ばせれば、驚きの声をあげた瀬戸の唇から押し殺したような甘い声が漏れる。

覗きこんでいた目も、その一瞬でとろりと濡れた。反応を見てとり、瀬戸が充分うしろで感じられただろうことを悟った茅野は、肉のあわいを開くようにして両手を丸みにかける。

「あ、……茅野、や、め」

「なんで」

ぐっと左右に押し開けば、怯えたように瀬戸は目をうろつかせた。その分無防備になった身体の前面をぴたりとあわせ、耳朶に嚙みつきながら茅野はゆったりと腰を動かしてみせる。

「あっあっ、あっ⁉」

「あの日は、こういうのはしなかった？」

「し、しな、……こすれ、こすれる、茅野っ」

いちいち驚いてみせる瀬戸はひどく新鮮だった。うろたえた顔のまま目を泳がせ、ほんの一瞬ちらりと上目になるのがまるで、すがられたようで気分がいい。しかし愛撫にいちいち驚いている瀬戸を見ていると、本当に自分があの夜なにをしたものかが気になった。

「なあ、マジで俺、おまえになにしたの」

「ばっ……う……！」

答えられるものかと茅野に抗議したのは、真っ赤に染まったしかめた顔と、潤んでもやはりきつい視線だ。だが数度、屹立《きつりつ》したそれ同士をわざとのようにぬるぬるとこすりつければ、嚙みしめた唇は震えながらもゆるやかにほどけてしまう。

「……ろ、って」

「ん？」

小さく息を切らした唇を啄《ついば》むと、目を逸らしたままの瀬戸はさらに目を潤ませながらかすかな声を発する。聞こえないと顔を近づければ、悔しげな顔をした瀬戸の小刻みに震える細い指が、すでにたぐまったシーツを摑んだ。

「脚を……」

「脚？」

なにかを懸命に堪える仕種は扇情的でどきりとしたが、続いた言葉ほどの破壊力はない。

「脚、を、自分で持って、広げろって」

「な……」

「そ、それで、そうしないと、は、はいらないから、って、そこを……」

そこまで言って、ぐっと瀬戸は口をつぐんだ。嚙みきれそうなほどに力をこめた唇からの言葉の続きは、聞かなくてもわかった。

自分で脚を開かせて、奥まった箇所を舐《な》めつくしたのだろうと知り、茅野は一瞬意識が遠くなる。

（マジですか）

教えられた状況を想像しただけで、うっかりやばいことになりそうだった。瀬戸の性器と絡みあった茅野の先端から、じわっとなにかが滲んでこぼれ落ちていく。

（うわあ、すげえ、やりてえ……っておい、そうじゃないだろ）

一瞬でバーストしそうな頭を振り、茅野は必死に自分をなだめた。しかしどうにも信じがたいと瀬戸を凝視すると、彼は消え入りそうな声を発しながら、顔を背ける。

「やだって言ってもおまえ、聞かないし」

「あ、そ、そうなの？」

そんな辱《はずかし》めのようなことをした自分も信じられなかったが、それに諾々と従った瀬戸もわからない。そう思って呆然と細い身体を眺め下ろしていれば、止まってしまった愛撫がもどかしいのか瀬戸は両腕で顔を覆って長く細い息を吐く。

「俺も半分酔ってたから、なんだかわかんなくて……」

ほっそりした二の腕の内側、日に焼けないなめらかな白さを晒《さら》して言い訳じみたことを言う瀬戸は、いっそ痛々しい。

「おまえ、いつもあんな、すごいことしてんのか？」

「す、すごい、って……どんな？」

もともと色事にはあまり得手でない彼は、酔った茅野にまんまと言いくるめられてしまったのだろうと、ぽつりと漏らされる言葉から想像はついた。

しかしこの分では調子に乗って、ふだんでもしないようなことをさんざんした可能性もある。少しばかり青ざめつつ、なかば興奮も覚えつつ問えば、瀬戸は腕の隙間から恨みがましい涙目で睨んでくる。

「言えるか、ばかっ！」

なじられて、それで余計煽られた。嚙みつくように口づけ、それは拒まない瀬戸のやわらかい舌を探り出せば、くふんと甘い声が喉奥に落ちていく。

（……あ）

その響きと感触に脳裏をなにかが横切って、途切れていた記憶の断片を茅野は摑み取った。そしてそれにより、のっぴきならなさはますますひどくなる。

「俺、ひょっとして舐めさせた？」

しかも瀬戸のさきほど申告した愛撫を施しつつだ。初心者相手にそこまで無体なことをさせたかと、理性の飛んだ自分をおそろしく思いつつおずおずと問うや、瀬戸は真っ赤に染めた顔を歪め、覆い被《かぶ》さった男の肩を拳《こぶし》で叩いた。

「覚えてるなら訊くなっ！」

「いやあのなんか、あいまいに……おぼろに、っていうかなんとなく？　みたいな？」

「同じだばか！　しかもなに、なに笑ってんだ」

相当ひどい顔だろうという自覚はあるのだが、いつも自信たっぷりで冷静沈着な瀬戸のうろたえかたは、想像以上にやたらとかわいらしい。

「悪い。にやけて、なんか止まらん。なあ、瀬戸」

相変わらず涙目のまま、なんだと睨みつけてくる切れ長の目。この視線にだけはしっかり覚えがあって、それにこそやられてしまったのだ。

腹の奥から笑いがこみあげた。しかしそれはけっして揶揄でもなんでもなく、ただただ愛おしさのあまり笑み崩れてしまうのだ。

「なんかおまえ、かわいい」

「ば――」

甘ったるいことこのうえない表情と声で告げれば、なにか罵りの言葉を吐こうとしたのだろう瀬戸が固まっている。受け入れがたいのか、それともと思っていれば、顔だけでなくじわじわと薄い耳朶から首筋までが赤くなっていく。

「は、恥ずかしい男だな、おまえ……あっ」

「そういう言いかたはかわいくねえなあ」

それでも瀬戸はやはり瀬戸で、素直に照れることはしないまま、渋面を浮かべてみせた。残念なようなほっとするような気持ちのまま、茅野は大きな手のひらをしなやかな脚に這わせ、瀬戸のそれを摑み取る。

「なん、いき、いきなりそこ」

「こするのと揉むのどっち好き？」

「下品な、こと、言うな……っあ、あああ」

茅野の大きな手のひらに根本からしっかり包まれて、揉みくちゃにされた瀬戸のそれは、すでにどろどろに濡れている。

「すげ……瀬戸のがこんな、ぬるぬる」

「あ、あ、あっ」

当たり前のように隣にいた友人の性器を握りしめ、愛撫しているという事実がなぜか茅野に興奮を与えた。ふだんの瀬戸が、セックスのことなど考えたこともありませんと、そんなふうに清潔な顔ばかり見せているせいだろうか。

「あ、やだ茅野……茅野っ、も……っ」

なにかひどく貶めて汚しているかのような罪悪感を覚えるのに、しゃくりあげるような声を出して必死にしがみついてくるから、それはただ甘い官能に繋がってしまう。

「ひ、あ……っ」

涙目になったまま睨むのがきれいで、もっとその怜悧な目元を歪めたくなった。胸元に顔を伏せ、さきほど指で尖らせてやった場所を舌のさきで弾《はじ》きながら握りしめた手を動かすと、忙《せわ》しなく細い腰をよじった瀬戸の爪先《つまさき》がシーツを蹴る。

声を嚙んで、それでも呼吸が苦しいのか時にはほっと唇を開く。苦しそうに一瞬だけ覗く濡れて赤い舌が卑猥で、それをじっと眺める自分の目つきがやばい感じに尖るのを茅野は知った。

「あう!」

粘着質な水音を立てる脚の間に肩を挟みこんで、ベッドサイドからローションのボトルを探り出す。悲鳴をあげて仰《の》け反《ぞ》った瀬戸にかまわないまま、濡らした指で奥まった場所をゆるゆると探りながら腿の窪《くぼ》みを噛んだ。

「そんな、そんなこと……茅野っ」

「痛くねえよな?」

「ない、けど……い、いやだ、いやだっ」

力の入らない両手で肩を押し返し、いやだ、とかぶりを振る瀬戸の目は潤みきって、もうあと少しで泣くだろうと思った。空いた指で下生えを撫で梳《す》くようにしながら、視線をあわせたまま茅野はそそり立った性器の根本に口づける。

「——……っ!」

「ごめんな。初心者に無茶さして。ちゃんと、仕切り直し。な?」

びくっと震えて離れていった手のひらはそのまま瀬戸の口元を覆う。なだめるように囁きながら、ぬめりを帯びた彼自身のあちこちへと口づけ、そのまま下から舐めあげた。

「今日は、俺がしてやるから。なんもしなくていいから——」

「っうあ、あ……っ、あ、やめ」

「……感じて、瀬戸？」

呟いて、先端を呑みこむのと深く指をさし入れたのは同時だった。一瞬だけ身を硬くした瀬戸は、固く目を瞑ったまま声を殺し、腹部を痙攣《けいれん》させたまま身悶《みもだ》えた。

「息苦しいだろ。声出していいって」

「い……や」

「そのほうが楽だって、瀬戸。まだここ、狭い」

どろどろになるほどの愛撫を施すのに、かたくなに声を噛んだ瀬戸はかぶりを振ってそれを拒むようだ。感じてくれと、素直にそれを教えてくれと思う茅野は、硬さの取れない腿を撫でながら上半身を起こす。

「なあ、やっぱりいや？」

「だ、……て」

それでも深くを抉《えぐ》った指は止めないまま、顔を覗きこんだ。意地の悪い意図からではなく、瀬戸が少しでも不快感や痛みを見せたら引こうと考えてのことだったが、近づけた顔のさきに頼りない視線を向けられて、ぐらりとなる。

「こ、声……が、だって」

「俺、それもなんか言ったの？」

ためらっている瀬戸の細い手首を取って、頬に口づける。汗ばんだ額に張りついた髪を払って、なだめるように何度も髪を撫でていればようやく瀬戸が口を開いた。

「い、いやらし……声って、い……言っただろ……」

揶揄まじりに何度も、声を出せと言われた。そう白状する瀬戸の目は、激しい愉悦についていけないのか、どこかぼんやりと霞《かす》んでいた。

それを知った茅野の目は、違う意味で茫洋《ぼうよう》と遠くなる。道理であれほどまでに瀬戸がためらったわけだと、思わずため息まで漏れてしまった。

(生尺に言葉責めまでか。どこまで鬼だったんだ、あの夜の俺)

それが潜在意識のなせる技だったとしたらば、このうえなく厭《いや》だが。なにが厭ってそれは――実際そうしてみたいと感じている自分が、ここにいるからだ。

「もうそんなことは言わないから、楽にしろって」

しかしそれをそのまま実行に移しては、プライドの高い瀬戸にはたまったものではなかろう。べつに本当に彼を貶めたいわけでもないし、これでやっぱり二度といやだと言われれば、茅野も困ってしまうのだ。

「……茅野」

「ん?」

体内を探る感触にやはり不慣れなのだろう、息を切らして、小さく震えた瀬戸がおずおずと腕を伸ばしてくる。痛かったら摑んでいいと背中にそれを回させれば、ぎゅっとしがみついてきたのが意外で、そしていじらしいと思った。

「あんまり、やさしく、す、るなっ」

「え、なんで」

「もういいから、早くっしろっ」

入れていいと言われて、しかしまだ無理だと感じていた茅野は面食らった。

「痛いだろ」

「痛くていいっ、も、いいから、もう……」

ひゅっと喉を鳴らして、痙攣するようにあえいだ瀬戸は唇を嚙んだ。どうしてと逸らした視線を追いかけて目をあわせれば、真っ赤になった目がもう限界を訴えている。

(ああ、そっか)

混乱して、そして泣きそうになっているのだろう。情動があまり激しく揺れることのない瀬戸にとっては、そういう顔を見られるのはたぶん、屈辱にも等しいのだと悟った。

茅野の知る限りではあるけれど、瀬戸はたぶん男に抱かれるのははじめて――いや二度目、のはずだ。まだいろいろと、惑う部分もあるに違いないのだ。

「んじゃ、俯《うつぶ》せて。顔、見ないから」

「……っ」

泣いた顔も見たいと思ったけれど、それは瀬戸をつらい目にあわせたいわけではない。そっと促して肩をさすると、しかし茅野の思惑に反して瀬戸の目からは大きな雫《しずく》がこぼれ落ちてしまった。

「せ、瀬戸⁉」

「やさしくするなって言っただろうが……！」

「瀬戸、なに、どうしたんだよ」

わななく涙声で怒鳴るなり、そのまま細い身体はシーツに突っ伏してしまう。どうして、と呆然としたまま茅野がその背中を撫でれば、瀬戸は切れ切れに「悔しい」と言った。

「おまえなんか、いつもだらしないくせにどうして……っくそ」

吐き捨てるような言葉ではあったけれど、ほっそりと白い背中はやはり震えたままだ。その艶めかしく汗の浮いた肩胛骨《けんこうこつ》を眺めながら、茅野は不意におかしくなった。

(慣れてねえんだなあ、ほんとに)

強引に押しきられればきっと、瀬戸にとっては言い訳もついたのだろう。だがいちいち意向を窺われて、いたたまれなくなってしまったらしい。

そのまま子どものように手の甲で目元をこすっているから、たまらなくなって抱きしめた。

「泣くなよ」

「泣いてないっ」

「わかった、泣いてない。見てないから」

弱った部分を少しでも見せたくないという、意地っ張りな瀬戸の背中に苦笑しながら口づける。

「入れさして、瀬戸」

「だ、から……早く、しろと」

「うん、わかってる」

甘えさせてと肩口に口づけながら、手のひらに包めばずいぶん頼りない腰を両手に摑んだ。

怯えるように震えるくせに、瀬戸はやはりなにも言わない。

もう一度ローションを手に取り、潤みの足りない部分にたっぷりとそれを塗りつけたあと、同じもので自分の性器も濡らした茅野はやわらかい肉を押し開く。

「ふ、……っ！」

ねっとりとした、しかしいささか硬い感触のある粘膜を触れあわせた。圧迫感はそれだけでも凄まじく、急いた気分のまま突き入れたいのを堪えながら、徐々に身体を倒していく。

瀬戸が息を詰めるたびに、茅野のそれにも少し痛みが走った。それでも慎重に進めた挿入は、どうにか瀬戸を傷つけずに奥までを収めることに成功する。

「な、だいじょぶ？」

「そん、そんなの、……訊くなっ」

ゆっくりと身体を繋げてから問えば、浅い息をまき散らした瀬戸は一瞬、泣きそうな顔になった。

「この間みたいにすればいいだろ……っ」

「いや、だから覚えてねえんだって、それ。なあ、ほんとにだいじょうぶなのか」

ゆるゆると探ったそこは狭く、しかし柔軟に茅野を受け入れている。それでも強引に動いたりすれば弱い粘膜は傷ついて、痛みだけを与える結果になることを茅野は熟知していた。

「痛いこととかしたくねえんだってば。瀬戸」

「そ、んな、……あっ」

緊張の取れない脇腹を撫でると、びくっと跳ねあがる細い腰。ひときわ強く締めつけられ、思わず茅野のほうが声を漏らしそうになれば、涙目の瀬戸が半身をよじって見つめてくる。

ぞくぞくするような気の強い涙目には、たしかに覚えがあった。思わず目を眇めて唇を歪めた茅野の表情に、瀬戸もまた目の色を変える。

「痛くない……?」

「も、……ない、から」

背中からぴったりと抱きしめたまま、うなじに唇を押し当てる。じりじりとした興奮を堪えたままの身体は、やはり我慢しきれず小さく揺れてしまって、そのタイミングが少しずつ重なっていくのを茅野は知った。

「あ、あ、……んあっ！」

ほんの軽く突きあげるようにしてしまうと、瀬戸の背中がぎくりと強ばる。はっとしたようにこぼれ落ちた声は小さなものではあったけれど、とてつもなく甘く、痛みでないものを感じていると茅野に教えるには充分だった。

そしてその声があがった瞬間、茅野を包んだ部分もまた、変化する。

「すげ、なんか……いきなり、とろんってした」

「い……や」

やわらかく纏い付くように、瀬戸の内壁が絡みつき、茅野の声がうわずった。

「なあ、もう限界、動いていい？」

「ああ、いや、言うな……っあっ」

ごめん、と答えを待たないまま告げて、耐えるだけ耐えていた腰が勝手に律動をはじめてしまう。ベッドの軋みとともに粘ついた音があがって、瀬戸もまた悶えるように赤く染まった背中をくねらせた。

「あっあっ、そん、激し、い……！　ん、んっんっ」

「この間と、どっち、いい？」

喉奥に詰まったような声を出す瀬戸の、思ってもみない淫《みだ》らな反応に喉が鳴る。痙攣するような鼓動を教える胸のうえに手のひらを這わせて、尖りきったものを探り当てた。

「ばかっ、あ……ああ、茅野、そこ、そこだ、だめだ、って……！」

「じゃ、こっち？」

「ひ、いあっ、あ……！」

乳首を抓《つね》るようにしながら、もう片方の手で長い脚の間にあるものを握りしめる。同時にきゅうっと狭くなった場所が茅野のそれを絞りあげ、片頬を歪めたまま必死に堪えた。

「きっつ。血が止まりそ」

「嘘、つけっ！　ば、ばか、も、それ以上でかくすんな……！」

「んなこと言っても、俺のコレも本人同様、わがままなもんで」

許してくれる相手にはつけあがってしまうらしいと笑いながら、深く。

「あ、あ、あ、いや、茅野っ、だ、めっ」

「だめじゃない、っぽいんだけど」

「はや、早い、そんなっ、動いたら……っ」

小刻みに揺さぶりながら何度も、弱いと見定めた部分をくすぐるように穿《うが》つ。瀬戸ももうふだんの落ち着いた口調を保てなくなって、少し呂律《ろれつ》の回らない感じが淫靡《いんび》に響き、どこかかわいいと茅野は思った。

「あう、あ……っ、すご、い、すごい、それ、すご……」

「どうすごい？　こないだより、いい？」

そそのかすと、「いい」としゃくりあげて腰を振る。しなやかな脚を撫で、耳朶を嚙んで、卑猥に歪む唇から、茅野はなおも問いかけた。

「入れるの痛くない？　気持ちいいか？」

「いいっ、きも、ちい……！」

揺さぶられる瀬戸は、もうなかば意識ももうろうとしているのだろう。ふだんならば死んでも言わないだろうに、そそのかすたび卑猥な言葉を繰り返すのがたまらなかった。

（そりゃ、しつこくもなるか）

消えた記憶が恨めしい。この顔を、この声を知っていたはずの自分に見当違いの嫉妬《しっと》さえも覚えたくなって、茅野は自嘲気味に笑う。

「こっち向いて、瀬戸。キスして」

「んん……っ、は、ばか、ば……う、ふうっ」

細い顎を摑んで無理矢理振り向かせ、甘える言葉で奪いとる。茅野が施すより早く絡んだ舌が、もっと、と訴えるようで心地よい。

「あー……いい」

「ん、んんん……っ」

ひとしきり舐めあった舌は唇を離してもしばらく離れないままで、その合間に茅野がうっとりと呟くと、ふっと濡れた目が瞬きをする。

「瀬戸のおしり最高。あったかくて気持ちいいし、すげえ締まるし」

「ばか……っ」

にやりと笑いながら言ってやれば、顔を歪めて舌に噛みつかれた。そのくせに、まるで嬉しがるように繋がった場所がきゅっと震えて、茅野は甘ったるいため息をこぼす。

「やばい、もう、一生突っこんでたい」

「こわ、壊れるだ、ろ……っああ、あ」

ぎゅっと強く抱きしめて、思いきり甘えてみせながら、口づけの間ゆらゆらとゆるやかだった抽送《ちゅうそう》を次第に早めていく。

「ち、茅野、も……っ」

「ん……いっちゃい、そ？」

「っ、いく、いくからっ、いく、から……！」

胸のうえをいじっていた手に、瀬戸の細い指がかかる。すがるように見つめられ、指を絡ませながら最後の瞬間を追いあげようと茅野は腰を揺らし続けた。

「ふあ、あああ、あ、も……っ」

「……イイ声」

ぽつりと囁いた瞬間、搾り取るように小刻みに収斂《しゅうれん》する内部を感じた。

「もう、い、く……！」

ああ、と少し惜しいような気分のままに呻いた茅野は、手のなかにした瀬戸の性器がどろりと濡れたのを知って、自身を解放する。

「はあ……っ」

こめかみに感じる脈がうるさいほどだった。官能の極みに駆けあがったあと特有の疲労と充溢《じゅういつ》を同時に感じながら、力なく頽《くずお》れた瀬戸の肩口に顔を伏せた。

「なあ、瀬戸」

「ん……」

ぐったりと目を瞑ったまま、呼吸を整えていた瀬戸は、呼びかけに億劫そうに瞼を開いた。

「俺のこと好き？」

「……しつっこいのは嫌いだ」

「ちぇ」

結局は言葉では答えてもらえないままだったが、茅野はからりと笑ってみせる。

問いかけた瞬間、絡んだままだった指先を、ほんの少しだけ瀬戸が握りしめた。泣き顔さえ見られたくないプライドの高い友人が、あの甘さと淫らさを教えてくれるだけでも、充分すぎるほどの答えになるだろう。

（まあ、許してもらっただけでも我慢か）

それ以上は贅沢だと吐息して、汗の引かない首筋と背中に小さな口づけを落とすと、身じろいだ瀬戸がシーツに顔を伏せる。

「……聞いたからな」

「ん？　なに」

満たされた顔のまま、茅野がなだめるようにしっとりとした肌を撫でていれば、肩を竦めた瀬戸が顔をあげないままぼそりと言った。

「浮気、するなよ」

その瞬間に瀬戸と茅野、どちらの顔のほうがより赤くなったのかについては、比べるまでもなかっただろう。

「はい、いたしません！　いやもう絶対できません！」

でろでろと相好を崩した男は細い背中にキスの雨を降らせて、冷静だが照れると凶暴な、友人兼恋人に、つれない肘鉄《ひじてつ》を食らったのだった。

＊　＊　＊

時は流れ、セブンスヘブンのオリジナルアクセサリーが店頭に並んだのは、もう冬も近い頃合いだった。

男前の店長があまりカウンターに立たなくなったことで、残念だと吐息するバーの常連もいたけれど、それ以上に集客力のあるシルバーアクセサリーの評判は瞬く間に広がった。

店にとってはありがたい事態であったが、しかし茅野と瀬戸はといえば、今日も今日とて顔をしかめ、睨みあっている。

「注文殺到だからって外注に出すのはなあ。本末転倒だろ？」

「でも予約待ちがこれじゃあ、さばけないだろう」

彫金台の前で苦い顔をしつつ、原型ワックスを削っていた電動リューターを放り出した茅野に、瀬戸はこれを見てみろと予約台帳を差し出す。

無駄に広かった三階の自宅、物置と化していた空き部屋に製作室を作ったのはいいが、この二週間茅野はそこからほとんど出ていない。

「俺、アクセ職人だけやるつもりないのに。店にも出たいし」

「なんでこうなったのか理由は自分の胸に聞いてみろ」

ぶつぶつとこぼした茅野をじろりと睨めつけた瀬戸の視線はあくまで冷たい。作業椅子をくるりと回転させ、その視線から逃れたのは、茅野のうしろめたさからだ。

「うっかり女性誌の取材にOK出したのはどこの誰だ？」

「だってそれは……」

かつて茅野の愛情によってめざましく更生した不倫OLちゃんは、そもそもこの店の常連でもあった。現在アパレル業界で、企画開発の仕事に携わっていた彼女は流行の噂にも敏感で、なじみの女性誌編集を連れセブンスヘブンを訪れたのがことのきっかけだ。

「レアものアクセの特集っていうけど、たぶんちっちゃい枠だと思ってたんだよ……」

もともと人手不足の店だ。深く考えることもなく、女性記者たちを茅野と瀬戸が揃って対応したのだが、それが幸いしたのか、災いしたのか。

――顔写真つきで紹介しましょう！　ぜひに！

鼻息を荒くした編集者に押しきられ、いつの間にか店まるごとが、話題のショップとしてページを割かれ、大々的に紹介されてしまったのだ。

掲載号は折しもクリスマス特集、プレゼントに最適のシルバーアクセサリーは大人気で、雑誌掲載から一週間で店頭分を総ざらえにされ、すでに在庫は一点もない。過去に茅野が作りためていたものまで引っ張り出せば、それもまたたく間に消え失せた。

おかげでブツ撮りしたカタログとフライヤーのみしか店にはなく、それで予約の注文を受けつけるのみとなっているが、電話にファックス、メールの問いあわせが連日どかどか舞いこむ有様。

ますます瀬戸は忙しくなり、茅野は寝る間も惜しんで製作に追われる羽目になっている。

「おまけにこのアクセ、どこぞのブランドに出さないかって話まで来てるじゃないか」

「だからそんなでけー話は手に負えねえってばっ」

もっとこぢんまりと自分の目が届く範囲でやりたいのに、と茅野が頭を抱えれば、自業自得と瀬戸はにべもない。

「とにかく！　この冬のうちに最低でも五十点はいるんだ。外注がいやなら死んでもどうにかしろ！」

「そんな、おい、瀬戸！」

待ってくれと言うより早く、彼は部屋を出て行った。とりつく島もない瀬戸に、茅野は深々と吐息する。

「やってられるかっ」

くる日もくる日も原型と睨みあって、いいかげんくさくさしていた。階下でコーヒーでももらおうと下に降りれば、店長代理に昇格したアツミがにやにやと笑っている。

「またけんかしたんですか」

「コーヒーください、おねえさま」

からかう声にはむすりと顔を歪め、カウンターに突っ伏した茅野はそれだけを告げる。

このところすっかり瀬戸とは揉めてばかりで、少しもおもしろくない。どころか仕事に追われてお互い、まったくプライベートな時間も持てないままだった。

（くそ。今度の休みは絶対泣かすっ）

抱きあってから間もなく、この多忙な状態になってしまったため、心ゆくまでの蜜月《みつげつ》も実際にはないに等しい。ただでさえ潔癖で照れ屋の瀬戸はなかなかベッドインをＯＫしようとせず、どうも多忙を口実に逃げられている節さえあるのだ。

「ああ、いちゃいちゃしたい……心ゆくまでべたべたしたいっ」

「わずらってますねえ」

カウンターに突っ伏して髪を掻きむしり、内心の煩悶をそのまま口にした茅野に対し、香り高いマンデリンを丁寧に淹《い》れたアツミがくわえ煙草でくすりと笑う。

完全に無意識だった茅野は、はっとなって顔をあげた。

「……俺、なんか言った？」

「ええまあ、脳内だだ漏れってやつですか」

さすがにこのアツミにも、瀬戸とのことは話していない。茅野は一向にかまわないけれども、あのクールな彼がいまさら、自分となるようになってしまったなどとは、さすがに知られたくないだろうと判断したからだ。

最近では滅多に店にも出ないいため、アツミとも接触するのはこんなふうに休憩時間を見計らってコーヒーや軽食をねだる程度ではある。しかし、色に出にけりな自分を知るだけに、茅野はぐびりと息を呑んだ。

（やべえなあ、もう）

寝不足もあって自制心がゆるんでいるようだ。気をつけないとまずいと思いつつ、少し酸味の強いコーヒーを啜《すす》った茅野へ、テーブルを拭いたアツミはぽつりと言う。

「たゆまぬ忍耐、歩み寄りと努力」

「……はい？」

「堅物のクールビューティー相手で大変でしょうけど、ま、なんとかがんばって」

にんまりと笑う彼女に凍りつき、思わず茅野は「あの」と言いかける。

「なんですか？」

「……なんでもございません」

どこまで知っているのと問いたかったが、おそろしくて聞けはしない。広い肩を小さく縮め、おとなしくコーヒーを啜ったら、部屋に帰ろうと強く誓う。

そして、五十点だろうが百点だろうが、とにかく仕事をやっつけて、早いところ瀬戸のあの、腕にあつらえたような心地いい身体を抱きしめようと思う。

そうでなければまた、欲求不満のあまり、アツミの前で脳内をうっかり垂れ流してしまうに違いないのだ。

（堅実な恋愛って、寂しい）

現実を見据えた夢見がちの男は、くすんと洟《はな》を啜って芳《かぐわ》しいコーヒーを口にする。

その姿をおもしろそうに眺めたアツミは、カウンターの内側でひとことも言葉を発しないままだ。秘密を抱えた人間は饒舌に追求されるより、黙されるほうが却《かえ》って居心地が悪いと知っての、意地の悪い沈黙は茅野には耐えがたい。

「ごちそうさま……」

「はいお粗末さま」

さらっと告げたアツミは飽くことなくショートホープの濃厚な煙を口腔にため、頬を叩いて輪を作り、天井へ吐き出す。

しおしおと肩を落とした茅野のうしろ姿に、煙の輪がかさなり、ふわんと空気に紛れて消えていった。

強情にもほどがある！

背の高い男というのは声もいいのだと、どこかで聞いたことがある。

むろん個人差はあるが、オペラや声楽の歌手が恰幅《かっぷく》がいいのと同じ理由で、その体積に見合いの体内残響が、力強く心地よい音程を作りあげるからなのだそうだ。

コントラバス、ファゴットなどの楽器を例にあげればなおわかりやすいだろう。種類の分かれるサックスも、紡ぎ出す音階が低いほどに大きな形をしているものだ。

日本人の声が平たいのはその逆の理由かららしい。だが、茅野和明《ちのかずあき》のように骨格がしっかりした彫りの深い顔立ちならば、低く深い声が出るのは理屈からいって当たり前だ。

――瀬戸……。

だからいま、自分の名を呼ぶ男の声がこんなにも甘く低く魅惑的な響きであるのは、ただの構造上の問題であって、とくにそこになんらの感情が含まれているわけではない。

――瀬戸、ずっと好きだった、ずっと……。愛してるんだ。

囁《ささや》きが熱を帯びて、吐息が髪を揺らしても、酔ったうえの言葉などなにも当てにならない。

せつなく響くそれらもきっと、茅野の頭の「構造上」の問題だ。

慣れたキスと慣れたセックスに慣れた愛の囁き。酒で前後不覚になった男の言葉など、一ミクロンも心の奥に響くわけがない。

（しかたのない）

ため息をついて、瀬戸光流《せとみつる》はそれらをすべて受け流した。入れたのではなく、あくまで流した。つきあいが何年になるのか、計算するのも面倒な友人の悪癖を知り抜いたうえでの、それはいつもの対処法だった。

しかし、唇の狭間《はざま》をうねうねと動く舌も、唾液をはじめとするあらゆる体液の味も、そして彼自身の性器までをもその身に深く食《は》まされ、もういやだと泣きを入れるまで身体《からだ》で覚えさせられた、その翌朝。

——なんでおまえなのよ!?

すべてを忘れた男がありありと困惑を浮かべた顔で絶叫した瞬間、ぱりんと身体のなかでなにかが砕けた。それは、なにひとつ受け入れてなどいないつもりでいたのに、強引で勝手な茅野がたしかに残していった、瀬戸のなかの大事ななにかであった気がする。

紆余曲折《うよきょくせつ》を経て、茅野はきれいに忘れた夜を、ふたたび瀬戸に求めてきた。すべて謝る、だから最初からもう一度と請われて、今度は流さずに受け入れた。

それからもう、数ヶ月。だが瀬戸の心のなかの、ちくちくとした違和感は去らない。

茅野が、溶けない氷のような痛みの破片を残していったあの朝から、ずっと疼《うず》いてつらいまま。

＊　＊　＊

反射的にかざした手のひらの前で、その男は目を瞠《みは》ったまま硬直していた。

「えと……瀬戸、さん？」

腰を抱き、いましも唇を重ねようとしたところでいきなりストップをかけられた茅野は、状況が読めないのだがという表情で薄笑いを浮かべる。それに対して、まるでなにごともなかったかのような平静な表情で、瀬戸は静かに問い返した。

「なんだ」

「なんだってあの。これ、なに」

これ、と唇の前に突っ張られた手のひらを、ちょいちょいと長い指で茅野はつついてくる。

「手だ」

「や、手ですが……って、だからそういうこと訊《き》いてんじゃねえってっ」

見たままを告げるすげない声に片頬《かたほお》をひきつらせ、どういう意味のアクションなのか問うているのだと、言わずもがなのそれを茅野はまくしたてた。

「腰抱くとこまでは拒まないのに、キスしようとしたらこの手はなんだっつう――」

「じゃあ訊くが」

困惑を滲《にじ》ませ覗《のぞ》きこんでくる、茅野の雄弁な目はすっきりとした二重《ふたえ》だ。表情豊かで、喜びも悲しみもそのままを表すそれは、ひとによっては非常に魅惑的に映ることであろう。

だが、瀬戸にとっては見慣れた形状でしかない。だから真っ黒に澄んだそれを色のない表情で見つめたまま、瀬戸は左手に挟んだ書類の束を振りながら静かに問いかける。

「俺がいま、こっちの手に持っているのはなんだ」

「あー、仕入れ納品予定表と企画書みたいな？」

冷ややかな一瞥《いちべつ》と同じほどに冷めた声を発すると、茅野は渋々と顔を引っ込めた。

「みたいな、はよけいだが、そのとおりだ。そしてここはどこだ」

「店の、事務室、です」

ため息をついた瀬戸は、わかったらこの手を離さないかと、腰にかかった大きな手を書類ではたく。痛い、と情けない声をあげた茅野にうろんな顔を向けつつ、再度のため息をついて書類に皺《しわ》がないかどうかを確認した。

「さかっていい場所と状況というものがあるだろう。まじめに話を聞け」

「俺もまじめに迫ってるのにー」

「三十男が語尾を伸ばすな。それで？　この予定どおりの納品は、本当に可能なのか？」

手の甲をさすりつつも未練がましくにぎにぎと動かしている手をつれなく無視し、瀬戸は数分前に中断された仕事の話に戻る。とりつく島もないその態度にじゃれるのはあきらめたのか、茅野はデスクチェアへと腰を落として広い肩を上下させながら言った。

「そこについては問題ない」

「クリスマス商材のときにもヒイヒイ言ってただろうが。平気なのか」

「可能だから数量まで記入したんだろ。ここまで来れば俺だって腹くくってるよ。外注にかけられる工程は、割り切って出すことにしたし」

そうでなければ、完全に独立工房でも作るほかにないからと、茅野は苦笑混じりに呟く。

「原型はほぼフルラインできあがってるし、あとはアレンジで組みあわせていきゃどうにかなる。外にキャスト吹かせて仕上げだけやるか、場合によったら完全に外注かけたっていいんだ」

昨年の秋、茅野と瀬戸の共同経営であるこのインポートショップ＆ドリンクバー『セブンスヘブン』で発売した茅野オリジナルのアクセサリーは、女性誌の特集にクローズアップされたことで爆発的な人気を呼んだ。当初は一時の流行《はや》りだけで、次第に落ち着くかと考えていたが、噂が噂を呼び、いまだに在庫切れの状態は続いている。

どころか予約発注に生産が追いつかず、本来は店長としての業務を請け負っていたはずの茅野は、現在アクセサリー製作に追われるばかりで、その他の仕事をすべて瀬戸へと丸投げの状態だ。

「あとはもう少し、限定品ってことにして受ける数絞ったっていい。じゃないと、おまえの負担も増えるだろ」

いいかげん、アクセサリーオンリーでやる店ではないのだから、とため息をついて告げた茅野に、いらない心配をするなと瀬戸は切って捨てた。

「べつに、たいして変わらん。だいたい店長の仕事がって言ったところで、接客はバイトを入れたし、仕入れの見こみはいままでどおりおまえがやってるんだ。取引先とのアポイントと実務を少しばかり俺がカバーすればいい話だ」

「だーから、それがぜんぜん少しばかりじゃねえだろうが」

働きすぎだと目を尖《とが》らせる茅野に、もともとワーカホリックを自認する瀬戸はかぶりを振った。

「いままでがぬるすぎたくらいだ。赤字は出ないものの、せいぜいがとんとんの自転車操業状態じゃ、先行きもたかが知れてる。いまのうちにきっちり土台作って、拡《ひろ》げていくことも考えないと」

「冗談！　俺はこの規模で静かにやってたいのっ」

「そうは言っても状況的に、もうそれは不可能だろう、だいたい」

規模拡大などとんでもないと目を剝《む》いた茅野に対し、血の凍るようなまなざしを向けたあと瀬戸は言い放つ。

「上を目指さない商売は、先細るばかりだぞ。現状維持したければ、業績アップを狙え」

痛いところを突かれてぐっと押し黙った茅野へ、大仰なため息をついてみせたあと、瀬戸は話を仕切りなおした。

「ともかく、納品可能だというのならそれでいい。アクセメインで商品構成も考え直して、あとはディスプレイ関係の諸雑費出してくれ」

「はいよ、わかりました」

渋々といったふうではあるが、茅野は思うよりもあっさりと話を呑《の》みこんだ。怪訝《けげん》な表情を隠せずに瀬戸が目を瞠ると、その顔はなんだと苦笑される。

「なんなんだよ。言うとおりにやるっつってんだろ」

「いや。正直、もう少しぶつぶつ言うかと思ってたんだが」

あっさりとアクセを外注に出すと言ったり、事業拡大についてさほどの反対をみせなかったり、茅野はどうにもらしくない。たしかに現実問題として、そうせざるを得ないのはわかりきっていることだったけれども、瀬戸としてはもっと説得に手こずると思っていたのだ。

だがいま茅野は、ひとことぐずっただけですべてを了承した。あまりの意外さにぽろりと本音をこぼせば、今度こそ茅野は失笑を浮かべる。

「あのね。俺だってべつに見境なく駄々こねてるわけじゃあないのよ」

「まあ、それは」

だがそれでも夢だの理想だのを口にするのが茅野ではなかったかと――それをフォローし、

実現するために動くのは自分の役目ではないのかと、言いきれずに瀬戸は黙りこむ。

「ついでにいうと、理想と現実の違う点も、いちおうはわかってるわけ。だから妥協点見いだしてやってんだろ」

少し疲れの滲んだ顔で、こちらを見ないまま告げる茅野の顔は、まるで別人のようだ。ここ数ヶ月、製作に追われるばかりの日々に、彼のなかではいったいどんな変化が起きたのだろう。そう思ってぼんやりと茅野の整った横顔を眺めていた瀬戸に、くせのある髪をくしゃくしゃと掻《か》いて茅野はなおも言った。

「それと、さっきも言ったけど。おまえちっと働きすぎ」

「だからべつに、俺はなにも——」

蒸し返すのかとかすかに苛立《いらだ》った声を発した瀬戸の手首が、いきなり大きな手に摑《つか》まれる。ぎくりとして身を強《こわ》ばらせると、ぐいっとその手を持ちあげた茅野は「ほらな」と言った。

「指。見てみろこれ」

「なんだ？」

いきなり薬指に押しこまれたのは、リングゲージだ。指のサイズを確認するための道具には各種のリングと同等サイズの輪が連なっていて、そのうちのひとつをはめこまれた瀬戸の指は、茅野の選んだサイズからずいぶん離れてしまっている。

「これ、おまえの前のリングサイズ。だいたい十一号ってのは本来女性のサイズだぞ。しかもそれが浮くってのはなんなの？　俺と比べてみろ、ほら」

陰影のはっきりした顔立ちに睨《にら》まれると、その迫力は凄《すさ》まじい。慣れた瀬戸さえ一瞬だけ怯《ひる》むほどのまなざしを見せつけた茅野自身はたしか十八号のはずだ。同性でしかも同い年の男とこうまで骨格差があることに、多少思うところもないではない瀬戸は怜悧《れいり》な目元を歪《ゆが》めてみせる。

「なんなのと言われても、もともと指が細いんだから……骨格はしかたないだろう」

「骨格だけじゃねえだろ、肉が落ちてんだよ。おまえへたすりゃ、いまは九号でＯＫだぞ」

ゲージを抜き取り、ついでに手首も取り返した瀬戸が冷たい声で告げるが、茅野はなおも食い下がった。

「最近、ほとんど寝る時間ねえんじゃねえの？　俺もほとんど製作室こもってるから、同じ家に住んでると思えないくらい顔も見てないし。いいかげん、事務室《ここ》で仮眠ばっかはよせ」

吐息混じりにたしなめられ、瀬戸はなんともつかない気分になる。よりによって茅野に説教をされるとは、いったいどういう天変地異の前触れかと思いつつ、ささくれた神経がさらに尖っていくのを知った。

「おまえこそ、ずっと製作にかかりきりじゃないか。無茶してるのはそっちで——」

「瀬戸。……心配して言ってるんだ」

よけいなお世話だというつもりの言葉も、真摯《しんし》な声に遮られてしまう。だが、そのじっと見つめてくる視線もなにもかも、どうしてかわずらわしい。

「俺が忙《せわ》しなくしているのは、いまさらのことじゃないか」

「だからだ。いいかげんもう少し、手をゆるめてみろって言ってるんだろうが」

次第に瀬戸も苛立ちを隠せない声になり、平行線の会話が続いた。しかし、瀬戸がきりきりとした声になればなるほど、茅野はなだめるように声をやさしくする。

「アツミちゃんにでも、ほかのヤツでも、任せられることは任せればいいだろう。それに、規模を拡大するってんなら経理もちゃんと雇うこと考えたほうがいいんじゃないのか？」

「それは、いま、考えてるとこだ」

言うことはいちいちもっともで、眉間《みけん》に皺を寄せつつも瀬戸はうつむく。だが茅野の意見を容《い》れたわけではないことなど、そのかたくなな気配で伝わったのだろう。

「まあ、募集かけたって、すぐのすぐにいい人材見つかるわけでもないだろうし」

ことさらゆっくりと言葉を紡いだ茅野に、譲られたことがわかった。それさえも不愉快になりつつ、瀬戸はうなずいてみせるしかない。

「この話は、とりあえず終わりだ。ただとにかく早いとこ募集しろよ。まあ、新卒取るわけでもないから、時期的には問題ないだろうけど。ああ、あとついでに、上のほうもバイト増やしてくれ」

上、というのはこの場合、二階に位置するドリンクバーのことだ。近ごろ、アクセサリーの人気からショップにも常に客が溢《あふ》れる状態で、それがそのまま喫茶店としても営業している店のほうへも流れているのは瀬戸も知っていた。

「いまでもかなり、アツミちゃんが過剰労働になっちまってる。少しシフト空けないと」

「ああ、わかった。早急に手配する」

「OK。そんじゃ」

立ちあがった茅野へ了承の旨を返答をすれば、不意打ちで腰を抱かれた。

「っ茅野、なに……っんん!?」

今度の口づけはさきほどのそれよりもずっと強引で性急なもので、抗《あらが》うより早く唇を塞《ふさ》がれた。きつく吸われ、ねっとりと唇の隙間《すきま》を舐める舌に歯を食いしばって、広い肩を押し返すように抗うと、茅野はやはりあっさりとそれをほどく。

「仕事場《こんなとこ》ではよせと言ったろうが！」

「つってもさ。こんなとこじゃないと、おまえの顔いつ見れるんだかわかりゃしねえし」

「それとこれとは、関係ないだろう！　けじめをつけろと言ってるんだ！」

「けじめ……？」

ふざけるなと睨めば、どこか呆《あき》れたように茅野は失笑を浮かべた。

「おまえのいうけじめってのは、公私混同するなってことだよな」

「そう言ってる、だろうが」

一瞬だけ険しい気配を覗かせた男に瀬戸が身がまえる。反応すまいと思ったのに肩が揺れ、それに気づいた茅野は、きつかった表情と気配をすうっと軽くした。

「じゃあ、四六時中そうやって、俺のこと警戒してんのは公私混同じゃねえの？」

「そ……っ」

苦笑さえにじませた言葉に痛いところを突かれて、さすがに瀬戸も押し黙るしかない。なんだかんだと言い訳をつけて、もうずいぶんと艶《なま》めかしい触れあいを拒んでいる自覚はさすがにあったからだ。

「そんな、つもりは」

ないと言いきれず黙りこめば、茅野は深々としたため息をついて両手をあげた。

「……はいはい。しませんしません、なーんにもね」

その顔には、らしくもない苦い笑みがまだ浮かんだままで、瀬戸はなおもうつむくしかない。以前の茅野ならきっと食ってかかっただろうに、こんなふうに笑って譲歩を見せられると、なおのこと自分が情けなく思えた。

「仕事もまじめにしてるし、ところかまわずじゃれてもない。おまえの言うとおりに、ちゃんとしてるだろ？　俺」

最後につけくわえられたひとことに、もうなにも言えなくなった。聞き分けられ、譲られたことにどうしようもない罪悪感と苛立ちがあるけれど、さりとて自分から告げるどんな言葉も瀬戸は用意できていない。というよりもいま口を開けばひどく理不尽に茅野をなじってしまう可能性が高くて、声を発するのもおそろしかった。

「俺はさきに部屋に戻る。おまえもたいがいにして、寝ろよ」

「ああ……」

おさきにと手を振った茅野の顔を見ないまま、瀬戸はうなずいた。短い相づちにとどめたのは、気遣いのそれにさえ『うるさい、放っておけ』とわめきそうな自分がいたからだ。

背後でドアの閉まる音を聞いたとたん、どっと疲れが押し寄せてきて、さきほどまで茅野が腰掛けていた椅子に瀬戸は力なく身体を預け、かすれた声で呟《つぶや》いた。

「茅野のくせに、妙な知恵つけやがって」

長い友人であった茅野とそういうことになって二度ばかり、セックスをした。そしてそれから三ヶ月近く、いまのようなささやかな口づけ程度しか、瀬戸は許していない。

忙しさを理由に逃げ回っていることなど、とうに茅野は気づいている。それで、言い訳をなくすためにああして、仕事のこともひとつひとつ片づけ、始末をしているのだ。

だがそれでも応じず、意地になったように過剰労働に勤《いそ》しむ瀬戸に、いいかげんにしろと彼が言うのもあたりまえのことだろう。

「怒ってる……ん、だろうな」

呟いた自分の声が、あまりに弱くていやになる。だが、強引な口づけのあとからずっと震える指先に気づいている以上、誰にごまかしても無駄なことだ。

ちりちりと指のさきが痛んで、瀬戸は強く目を閉じた。デスクに肘《ひじ》をつき、指先をあわせた手のひらで顔を覆うようにしながらため息をつく。

「俺にいったい、どうしろっていうんだ」

そして自分はなにがしたいんだと、煩悶《はんもん》するまま瀬戸は呟いた。

いつまでも逃げていていいことではない。茅野もずいぶんな許容をみせてはいるけれども、そうとう焦《じ》れていることはよくわかっている。だがそれでも、思いきりがつかないのだ。

——寝ても寝なくても変わらないと思ったし、俺はべつにどっちでもよかったよ。

ああして言いきれた自分が、いまの瀬戸には信じられない。あんなことをしておいて、なにも変わらないわけがないと、どうしてわからなかったのだろうか。

実際茅野も、そして瀬戸も変わった。あんな駆け引きめいた会話をするのがいい証拠だ。腹を探るように相手の言葉の奥にあるものを必死になって見透かそうとして、だがうまくはいかないいまま、なんとなく茅野に譲られて終わる。そのたび、瀬戸は落ち着かない気持ちになるのだ。

そしてこのところ急に大人になってしまったような茅野に、奇妙な焦りさえ覚えている。

理屈の通った言い分を口にしたり、冷静な判断を彼が見せるたび意味もなく苛立つ。それがなぜなのかさえわからぬまま、不安定でぐらぐらして、瀬戸ひとりが空回りしているような不安が押し寄せ、裏表のない茅野の心まで探ろうとしてしまう。

かつてのような明け透けな関係ではいられなくなっている、それがなにより苦くてつらい。

「なんなんだ、俺も」

なじみのない情緒不安定に、瀬戸のこぼしたため息は重く、その夜もまた自室のベッドへ戻ることを身体が拒む。痩《や》せたなどと指摘されるまでもない、そもそもが眠れないのだ。

瀬戸の煩悶する夜はすでに、数えることもばからしいほどに繰り返されていた。

＊　＊　＊

ドアを開くと、ふわりとコーヒーの香りが漂った。セブンスヘブンの二階に位置する喫茶店、奥まった位置にあるカウンターでは、アツミがいつものようにグラスを磨いている。

時刻はまだ正午前、開店から三十分と経《た》っていないためか、客の姿はまだ見えない。少し重く感じる足取りのまま、瀬戸は脚の長いスツールに腰掛けた。

「冴《さ》えない顔色ですねえ」

挨拶《あいさつ》もないままさっくりと指摘したアツミの声は、平素と変わらず淡々としている。だがその目がかすかに細められていることで、これは叱られているのだろうなと瀬戸は感じた。

茅野とささやかに揉《も》めた翌日、結局瀬戸は朝になるまで自室に戻らなかった。仮眠という名のうたた寝を繰り返したのみで、事務室からいったん最上階へ向かったのは朝の八時。軽くシャワーを浴びて身なりを整え、そのままショップの開店にとって返した。

「あまり、寝ていないからね」

「存じあげてますよ。で、いったいいつまでそんなことやってるつもりです？」

現在の瀬戸がいっさい、自分のプライベートタイムを持たないでいるのはアツミにもとうにばれている。そしてそれを、あの男ともども苦く感じていることも知っていた。

小柄で童顔ながら、アツミは茅野や瀬戸よりも五つほど年上だ。一応経営者と従業員という立場上、丁寧な言葉遣いは崩さないものの、発言はかなり遠慮も容赦もない。だが、きっちりと分をわきまえている面もあるアツミが小言めいたことを――茅野はともかく瀬戸に対して――口にするのはめずらしく、しかもふだんより幾分か口調が硬い。それだけによほど自分はひどい顔をしているのだろうなと瀬戸は思った。

「コーヒー、濃いのと、それから軽い食事をもらえるだろうか」

アツミの咎《とが》める声には答えず、腹が減ったと端的に告げる。呆れたように肩を竦《すく》め、ちょうどはいったばかりのコーヒーをサイフォンから下ろした彼女は大ぶりのマグを取り出すと、無言のままそれになみなみとミルクを注ぎ、たっぷりとしたカフェオレを差し出した。

「俺は、濃いのを頼んだんだが」

「ええ、たっぷりと濃い牛乳が入ってますよ。胃の悪そうなひとにはこれがぴったりです」

言いながらアツミはまず厚切りトーストをオーブンに突っこみ、手元のフライパンにバターを落とし、すでに解きほぐしてあった卵を垂らした。角切りにしたチーズとハム、マッシュルームをそれにはらりと落とし込み、手早くオムレツを作る。

「はい、こちらもきっちり召しあがってください」

トーストとサラダ、オムレツができあがるのもほぼ同時で、毎度ながら手際のよさに感服する。いただきますと軽く会釈してフォークを手に取ると、表面はぷるりとしたオムレツから黄金色にとろけた半熟の中身が溢れた。アツミ特製のプレートに盛られたブランチは見た目も完璧《かんぺき》だが、味がいいのはいまさら言うまでもない。

「どうでもいいかもしれませんけど。瀬戸マネジャー、昨日もこの時間にここで召しあがりましたよね」

「そうだね」

「それ以降、なにか食事は摂《と》られました？」

トーストを囓《かじ》った瀬戸が嘘もつけないまま苦く微笑《ほほえ》むと、アツミは無言でため息をつく。そうして背後の時計をちらりと見ると、口早に「三時と八時」と言った。

「本日あと二回、その時間にいらしてください。いいですね」

「しかし、仕事が」

「すでにそのプレートの中身、半分以上完食してるでしょう。いまさら早食いも咎めませんが、五分も息抜きできない男が仕事がどうのなんて言う資格はありませんよ」

手厳しいことを言ってのけたのち、ヘビースモーカーのアツミは愛飲の煙草《たばこ》を指に挟む。だが食事が途中の瀬戸を慮《おもんぱか》ったのか、火をつける様子はない。どうぞ、と手で示した瀬戸に目礼したのち、ごついジッポーで火をつけた彼女はぷかりとうまそうに煙を吐いた。

とろとろと流れるオムレツをトーストの端で拭《ぬぐ》い、最後までを食べ終えた瀬戸は口を開く。

「ところで、ものは相談なんだが」

「なんでしょうか」

「もうあと、ふたりばかりひとを増やしたいんだが。どうだろう」

瀬戸の提案に、アツミは目を瞠った。

「ここにですか。また急にどうして?」

「最近、ショップの客が増えたせいで、こっちにもかなりの人数が来てるだろう。そうとう忙しくなってきているし、きみとバイトだけじゃ回らなくなっていないかと」

「まあそれは、正直助かりますが」

昨晩茅野と交わした会話についてざっと告げると、アツミはふむ、と唸《うな》って細い腕を組んだ。あまり快く思ってはいないようだな、と感じて瀬戸はほんの少し眉《まゆ》をひそめる。

「経験者なら、だいじょうぶでしょう。けど、いまの時期、新人は勘弁してもらえますか」

「そこは、なんとも言えないが、一応考慮する」

現在、茅野が製作にかかりきりになっている状況で、夜半にはバーとして営業もするこの喫茶店の責任者はアツミになっている。実情を考えたうえでの増員ではあるものの、彼女の意向を無視するわけにはいかないと、瀬戸はうなずいてみせた。

「でしたらけっこうです。実際のところ、手も足りなくなってますし。夜シフトOKのひとにしてください」

「了解した」

だが、アツミの了解を得てほっとしたのもつかの間、どきりとするようなことを彼女は告げる。

「新人も、茅野店長がいればどうにかなるんでしょうけど、わたしひとりではなんともつかないですね」

「……茅野？」

なぜここであれの名前がと首をかしげると、薄い肩を軽く竦めてアツミは言う。

「あのかた、喫茶とかバーの実務面では、あまり役に立たないんですけどね。ひとをよく見てますから。人間が増えるなら、そういうフォローは店長がいないとむずかしいんです」

「そう、かな？　アツミちゃんでも充分、いけるとは思うけど」

持ちあげているのかけなしているのかわからない発言に、瀬戸が怪訝な顔をしてみせると、アツミはぷかりと煙を吐いて目を細める。

「マネジャーも、もう慣れちゃったからわからないかもしれませんけど、正直わたしって、初対面でとっつきやすいタイプではないと思いますよ」

「そう、でもないと、思うが？　べつにいままでも、問題はなかっただろう」

肯定するにはあまりに複雑な気のする発言に、瀬戸は言葉を濁した。たしかに彼女は有能であるが、いささか皮肉屋であまり愛嬌《あいきょう》があるというタイプではない。それでも実務面は完璧に業務をこなすし、接客態度も完璧なので瀬戸は問題があると思ったことはなかった。

「問題なかったのは、この店にはわたし以外、バイトがひとりしかいなかったからです」

「……というと？」

「人間関係ってのは案外面倒で、わたしは自覚もしますが、そういうのが得手ではありません。そういう人間は、あまり細かい指導をするのに向いてないんです。とくに、女の子やイマドキのおぼっちゃまには」

なるほど、と瀬戸は苦笑した。アツミのひととなりは、たしかに一見わかりづらい面もある。もともとかなり厳しい環境で料理やバーテンダーとしての修業をしてきたらしい彼女は、仕事は教えられるものじゃない、技術は盗め、甘えるなという考えの持ち主だ。

女の子、という言いかたに含みはないが、たしかに新卒で甘えたところのある新人などが来た日には、早晩泣きが入るのは目に見えている。

「そうか。俺と茅野はぜんぜん、そういう部分でアツミちゃんにやりにくさを感じたことがなかったから、まったくわからなかった」

「それはありがとうございます」

瀬戸の言葉にかすかに笑んだアツミの口元には、きつい煙草が挟まっている。へたな人間がやれば下品にうつるくわえ煙草も、それなりの年齢を積んでみずからの所作をわかりきっているアツミがすると、奇妙に粋《いき》に感じられた。

「そうだな。経験者優先ということにしよう。あとは面接で、アツミちゃんにも立ち会ってもらえればいいんじゃないかと思うけれど」

「了解しました。そう仰《おっしゃ》るなら立ち会いますが、面接は、店長に任せたいんですけど」

「……茅野に？」

さらりとした髪を揺らしうなずくアツミの言葉に、しかし瀬戸は少しだけ苦さを感じた。

「あれは、どうだろうな、いまじゃほとんど製作室から出てこられないから」

言い訳がましいと思いながら、その苦みをカフェオレで飲み下した瀬戸はそう告げる。アツミはとくにコメントはしなかったが、まるで欧米の女優のように軽く片眉を跳ねあげた。

そのリアクションに、瀬戸はほんのかすかに胸が騒ぐのを感じた。胸のなかでわだかまっている思いさえ見透かされた気がして、どうしてかいたたまれない。

「ごちそうさま。それじゃ」

「三時と八時ですよ」

なにか問われるかと思ったけれど、アツミはそれ以外の言葉をいっさい口にはしなかった。それがよけいに瀬戸の背中にいやな焦りを覚えさせて、軽く手を振るのみで了承を伝えた。裏口から従業員用の階段を降り、ショップに戻る間にも、胃の奥がしくりと痛むのを感じる。

（なにを俺は、苛立ってるんだ）

アツミが面接は茅野にと告げたとたん、どうしようもなくじりじりした。自分では不服だというのだろうかと一瞬だけ思い、だが同時にその子どもじみた発想に辟易《へきえき》する。

このところ、自分がどうにも平静でないことは自覚していた。茅野本人を目の前にしてうろたえたり焦るばかりならともかく、彼について誰かがなにかを口にするだけで、わけもない不快感と焦燥感が募るのだ。

（べつにいいだろう。店長は茅野で、そもそもいままでだってあいつに面接は任せてきた）

それでどうしていまさら、そんな些細《ささい》なことにこだわろうとするのか。自分でもよくわからないまま足早に階段を降りた瀬戸は、ショップに入ったとたんどきりと心臓を高鳴らせる。

そこではいまいるはずのない男が、にこやかに笑いながら常連客相手に談笑していた。

「ええー、じゃあ店長さん、まだしばらくいないんですか？　つまんなーい」

「そーなの、ごめんね？　俺いまいっそがしくって。おかげで顔もこんなよ」

無精髭《ぶしょうひげ》をざらりと撫《な》でた茅野は、大仰にため息をついてみせる。大変ね、と同情をあらわに眉を寄せた女性客は、だがその男臭い仕種《しぐさ》に見惚《みと》れていることを隠そうともしない。

「でも、それ似合ってるし。三割り増し男前って感じですよ?」

「あれ、ほんと? 嬉《うれ》しいなあ。そんなこと言われたら、おまけしちゃおうかな」

にっこりと目を細めた茅野は、彼女が選びあぐねていたらしい革製の小さなバッグを取りあげる。そうして、周囲を見まわすような所作をしたのち、大きな手で口元を隠して、女性客に耳打ちをするようにこっそりとなにかを囁いた。

「え、きゃあ。いいの? ほんとに?」

「うん、サービス。でも内緒ね?」

どうやらそうとう値切ってでもみせたのだろう。女性客の頬には喜色を表すようなうっすらとした紅がのぼり、それは長い指を立てて片目を瞑《つむ》る茅野に見惚れたようにも取れる。

「つ……っ」

じくり、と胸の奥でなにかが疼いて、瀬戸は深呼吸を繰り返しつつ、内心で舌打ちをする。

茅野が女性客相手に愛想良くしていたからといって、いまさら動揺するような場面でもなんでもない。正直いえば、このショップも二階のバーも、茅野目当ての客は相当数いる。

大抵は無駄に色男なルックスのおかげで、まれに客とややこしいことになる面倒はあるとはいえ、茅野がふられて荒れるだけのことだし、瀬戸自身にもそういうファンじみた客がつかないわけでもない。

それはそれで、売り上げのために利用すればいいとさえ、長いこと瀬戸は考えていた。

しかし、あの秋をすぎて以来、やはりどうしても情動が落ち着かないのも本音ではある。

「茅野。おまえ、なにしてるんだ」

「あ、いた。なにって、おまえ探しに来たらいないから、代わりに接客してたんじゃんよ」

できるだけ平静な声をかけると、ぱっと振り向いた茅野が営業用ではない笑みを浮かべてみせる。常連客は瀬戸に気づくと小さく会釈をしてみせ、こちらも礼を返しつつ目顔で瀬戸は「会計を済ませろ」と茅野に伝えた。

「あ、んじゃこれでいいかなサヤちゃん。決まり？」

「うん、これにします」

「ＯＫ、じゃあちょっと待って。……おーい、野田《のだ》。こっちお願い」

サヤと呼ばれた女性客の選んだ品を手に、茅野は古株のバイト店員を呼びつけた。にこやかな笑みを浮かべて飛んできた彼に、値引きの件を念押しして引き渡したのち、茅野は軽く愛想を振りまいてこちらに向かってくる。

「悪い、なんだっけ」

「なんだっけって。おまえが俺を捜してたんじゃないのか？」

ああそうだった、と目を丸くする茅野に呆れたため息をつきながら、早く話せと促す。表情を引き締めた茅野に、簡単なそれではなさそうだと思いつつ、瀬戸はバックヤードへと向かった。

「で、どうした」

「ちょっとさっき外注先から連絡があったんだけど、どうやら工賃が値あがりするらしい」

事務室に入り、早くしろと促したとたん茅野も硬い声で告げる。厄介なそれに、瀬戸は眉間に皺が寄るのを感じた。

「なに？　それじゃ、今回の分の見積もりは？」

「急な話なんで、今回までは現行の価格で行くって言うんだけど、さきがどうもな。ただ打開策はないわけじゃないらしいんだけど……」

言葉を濁す茅野に瀬戸は「話してみろ」と促した。

「デザインの原型起こしから、あっちに全部の製作を預ける形にするなら、値引きしないこともない、だって」

ずいぶんと強引な提案に、瀬戸は眉をひそめた。

「それは、どうなんだ？　実際のところ、ほかの作業もってことになれば、結局支払いの金額は増えるだけだろう」

「ああ、それもあるし、問題はそこだけじゃない。ぶっちゃけ、俺のデザイン画は我流だからなあ。原型まで任せるってなると、イメージどおりできるかどうか……」

製作を完全に外注にかけるうえでの問題点は、いくつかある。まず、デザイナーが直《じか》に製作するわけではなく、職人がデザイン画から起こした原型だけでは本来のニュアンスが完全に立体化できないこと。そしてなにより、デザインの盗用が起こりやすいということにある。

「正直、気は進まない。せめて原型までは俺が作りたいんだ。ただそうすると、工賃がな」

誰より茅野自身がそれを重々わかっているのだろう、めずらしくもむずかしい表情で唸る。よく見れば精悍《せいかん》な頬にも疲労の色は濃く、瀬戸はかすかに唇を歪めた。

「ほかのキャスト屋とかに出す手は、ないのか」

「なくはないが、いまから別のところろってんじゃ、今回の納品に間にあわない可能性も出てくる」

完全にこちらの足下を見られたなと、茅野はため息をつく。突然に発注数が膨れあがったことにより、緊急で頼める外注先を探したため、かなりこちらの分が悪いのも事実だ。

いまの時期、貴金属関係の下請けはどこも厳しい状況にあるのは知っている。あちらのほうも悪気があってのことではなく、必要あっての値上げであるのだろう。

「しかたない、しばらくはそこで繋《つな》いで、早いうちにもう少し良心的なところを探そう」

「瀬戸、でもそれじゃ、予算が」

「原価割るほどの値上げじゃないだろう。あとはほかの部分でカバーできる。幸い、新しくひとを雇う程度には、繁盛してるからな」

調整は充分つくはずだと、脳内で粗利を出したのちに瀬戸は言いきった。そうして、少しだけ落ちている広い肩を叩いてみせる。

「おまえが作りたいようにしろ。金のことを気にして、本来やりたかったことをやらないのはばかげてる。多少の予算オーバーならどうにでもするから、気にしないでやれ」

「そう、か」

ほっと息をつく茅野の表情に、少しだけ精気が戻った気がした。しかし、その後続いた言葉に対して、瀬戸の表情は硬くなる。

「悪い。また結局、おまえに無理させるな」

昨日の今日でこんな話では、どうしようもない。そう言って苦笑した茅野に、またあのどうしようもない不愉快さがこみあげてきた。

「なに言ってるんだ、おまえは」

茅野のくせに気を遣いやがって、なにさまだ。そんなに侮られるような自分であったのかと苛立つまま、きつい声で吐き捨てる。

「そのためのおまえの店で、そのための——俺、だろう。いちいちそんなことで、悪いだのなんだの言うな」

「瀬戸？　なんで、怒ってるんだ」

思った以上の激しい反応に、茅野は怪訝な表情を見せた。そんなにも感情を激する場面でないことは瀬戸自身わかってもいたが、どうにも冷静でいられない。

苛立ちがこらえきれず、瀬戸は唸るような声で茅野に嚙《か》みついた。

「ここのところなんだかおまえ、妙に気を遣ってるが。俺はそんなに頼りないのか」

「いや、そんなつもりは……」

「ないならなんだ！」

荒らげた瀬戸の声に、茅野が驚いて目を瞠る。戸惑《とまど》うような顔にもさらに不快さが募り、瀬戸の声は無意識に険のあるものになった。

「いままで平然とよろしく頼むって言ってきたくせに、どうしてそんな――っ」

自分が妙に興奮していることに気づいて、瀬戸は途中で言葉を切る。ありありと困惑を浮かべた茅野の表情をまともには見ていられず、短く鋭い息をつくことで、感情を無理に押しこめた。

「とにかく、見積もりを切り直したら見せてくれ。ショップに戻る」

「ああ、わかった。……なあ、瀬戸」

背を向けると、茅野はどこか感情の読み取りづらい声をかけてくる。

「なんだ」

「おまえ、なんでそんなに、気を張ってるんだ？　なに苛ついてる？　らしくない」

問いかけるというよりも、そっと背中を撫でるかのようなやさしい声で告げられた、その瞬間瀬戸の頭に血がのぼる。

「わかったようなことを言うな」

「瀬戸？」

吐き捨てたそれに戸惑う茅野を、振り返りざま睨みつけ、ぎりぎりと瀬戸は唇を嚙む。茅野の真っ黒な目に、いっそ憎しみに似た感情さえこみあげて、無言のままもう一度背を向けた。なにか、口を開いたらひどい暴言を吐き出しそうな気がしたからだ。

「おい、瀬戸⁉」

「仕事に戻れ！」

見苦しい自分をこれ以上さらしていたくはなく、瀬戸は語気荒く告げると乱暴に事務室のドアを閉める。息をつき、足早にその場を去った瀬戸はそのまま、手洗いに駆けこんだ。

「くそ……っ」

舌打ちして、冷水で顔を洗う。乱暴に何度もこすり立てて顔をあげると、鏡の向こうには滑稽《こっけい》なほど頼りない表情の自分がいた。見たこともないその、泣き出す寸前のような歪んだ顔が不愉快で、濡《ぬ》れた手を握り拳《こぶし》を叩きつけながら、もう一度、くそ、と瀬戸は呻《うめ》いた。

らしくない、と言われた瞬間、図星を指された怒りが全身を駆けめぐった。そして反射的に口走りそうになったひとことを、必死で呑みこむしかなかった。

らしくない、あたりまえだ。自分は変わってしまった。茅野に変えられたのだと思った。

——瀬戸、ずっと好きだった、ずっと……。愛してるんだ……。

囁かれた言葉を、受け流したつもりで抱えこんだあの夜から。取り返しのつかないほどに。

「俺は……なんなんだ」

どうしてこんなに脆《もろ》く、弱くなったのかと呻いて、瀬戸は歪む目元を覆う。乱暴に顔を拭えば濡れた髪が目元に落ちかかるのも鬱陶《うっとう》しく、歪んだ笑みを浮かべたまま事務室へと向かう。

瀬戸はぐったりと椅子に腰掛け、少しも頭に入ってこない書類をめくった。ただでさえ忙しい時期に、こんな感情的なことで散漫になっている暇はないのにと考え、その思考こそがいかにも余裕のないものだと気づいてため息がこぼれた。

デスクのうえにはやりかけの書類が散乱し、ノートパソコンの画面は打ち込み途中のデータを表示して、カーソルを点滅させている。なにもかもが半端なままなおのれを表す光景に、よけいうんざりとした。

ひりひりと神経が張りつめている。疲れているだろうなどと、指摘されるまでもない。だがそれを、茅野にだけは言われたくなかったというのも本音だ。

「茅野のくせに――」

もうここしばらく、何度繰り返したかわからないそれを口にして、瀬戸は目を閉じた。

おもしろいことに目がなく、夢を語りそしていつまでもそれを信じる、子どものような茅野。彼のふわふわした部分を支え、参謀よろしく立ち回るのがすっかり瀬戸の習い性になっていた。

だからこそ、地に足のついた茅野というものが、どうにも居心地悪く感じてしまうのだ。

＊　＊　＊

瀬戸と茅野の出会いはいまからじつに二十数年前にさかのぼる。知りあった事情はいたって簡単、家が近所で学校が同じだった、それだけの話だ。

ほんの少しだけ、それにつけくわえることがあるとすれば、茅野は少しばかり家庭の事情が複雑だった。どうやら訳ありの母子家庭のうえ、あまり金銭的にも裕福ではなかったらしく、学校や行事を休みがちでもあった。

そして小学校の低学年から瀬戸は学級委員であり、茅野の家へとプリントを届けたり、学習についていけない彼の面倒をみるというのが、物心ついたころにはあたりまえになっていた。

といっても、茅野はぱっと見ただけではけっして、そうしたごくありがちな小さな不幸を抱えているようには思えない少年だった。

気質は陽性で、やんちゃ小僧そのものだった。友人もかなり多かったし、すこしばかりそのやんちゃが行きすぎて教員や保護者から目を吊《つ》りあげられることはあっても、地域住民も割合ひとがよく、家の事情で差別を受けるようなこともなかった。

（あいつは、アホだ）

大暴れしては担任にしょっちゅう叱られている茅野を横目に、当時から少しばかり賢いだけに冷めたところのあった瀬戸は、いつも呆れたようにそう思っていた。

だいたいにおいて茅野のおいたなど、かわいいものだった。たとえば教室でのプロレスごっこやヒーローごっこが行きすぎて窓ガラスを割ってしまう程度の出来事は、どこの小学校でも一度はある事件だろう。お咎めを食らっても、まあ子どもだからしかたないと、ただ怪我には注意しなさいと説教されて済む程度のそれは、どれもこれも他愛のない遊びから派生していた。

瀬戸はその手の遊びに積極的に関わりはしないけれど、とくに止める気もなかった。べつに面白そうではないからくわわらないが、ひとはひと、自分は自分、という教育を受けて育ったためか、あまり他人事に口を挟みたい性質ではなかったのだ。

そんなふうに、自覚もするが非常にかわいげのない子どもであった彼は、なにか事が起こった際に最後に出てきていい子ぶるでなく、ただ淡々と事実関係を述べるだけだった。

「茅野くんたちに悪気はなかったと思います。でもぼくも止めるのが遅れてすみません」

冷静な美少年委員長にしっかりした口調で告げられると、大抵の大人はもう怒りきれなかった。そして周囲の悪ガキどもも、「瀬戸はノリは悪いけど、先生の手先じゃないぞ。平等だ」と、一目置いてつきあうようになっていた。

それには、悪ガキどものリーダー格であった茅野が、妙に瀬戸になついていたという事実も大きかったのだろう。

「瀬戸、ごめんな。また怒られた」

「そう思うならちゃんとしろ」

ことを起こせば大抵瀬戸が証人となり、説教タイムにつきあわされるのは常だった。そのため、職員室から肩を竦めて退室したあと、茅野はいつも上目遣いでそう謝ってきたのだ。

「――というより、暴れる前に少し考えろよ。想像しろ、ちゃんと。なにが起きるか。あんな狭い教室で、ぞうきん野球なんかしたら、ぜったいどこか壊れてあたりまえだろ」

「そーだよなー。悪い悪い、おればかだから」

どうしてそう考えなしなんだろうと思いながらも、叱られてもめげた様子のない茅野を尻目に、大抵はその一部始終の報告係である瀬戸は「おれを巻き込むなよ」と優等生らしく告げているだけだった。

本当のところ、瀬戸もアホだアホだと思いながらも、茅野のあまりのアホっぷりがおもしろいと、こっそり思っていたのも事実だ。ふつうやんないだろ、おまえ。そう思うことでも「おもしろそう」という理由だけで茅野は飛びつき、そして騒ぐだけ騒いで怒られている。

正直言えば、その突拍子のなさはほかの少年らに、そして瀬戸にとっても、非常に新鮮だった。

茅野の手にかかると、教室のなかのつまらない小物はひどくおもしろい遊具に変わる。それこそぞうきんを丸めた「ボール」を投げたり打ったりするだけで、少年たちは十二分に興奮し、楽しむことができるようだった。

(なにがそんなに楽しいんだかな)

瀬戸は幼いころから冷静で、テンションのあがりにくい性格をしていた。だからああいう、喜怒哀楽のはっきりした少年というものが少しだけ理解できず、そして同時に憧れをも覚えたのだ。

茅野はいつでも、ひどく幸福そうな表情で笑っていた。楽しさや嬉しさを見つけるのがうまくて、むろん怒ったり騒いだりというアクションも派手で、彼の目にはこの味気ない教室がどんなふうに映っているのか、瀬戸には少し不思議なほどだった。

そして、そういう茅野を見ているのが瀬戸は嫌いではなかった。一緒になって騒ぎたくはないけれど、彼のころころと変わる表情を眺めていると、天日によく干した洗い立ての布に顔を埋《うず》めたときのような、意味もなくふにゃりと顔がふやける瞬間に似た、不思議に懐かしい幸福感を覚えるのも事実だった。

だからあえて、茅野の行動に目くじらを立てることもしたくなかったというのも、少年らしい本音だったのだ。

しかし、たった一度だけ、茅野は少年の身に負うにはあまりに痛い叱責を食らったことがある。そして瀬戸が、どうしてきちんと止めなかったのかと後悔したことも。

そのころ、瀬戸たちの学校では奇妙なゲームが流行りだしていた。最初はじゃんけんドッヂ――じゃんけんで勝負したあとに、負けたやつめがけてボールを思うさまぶつけていい、という罰ゲームだったのが、気づけば『一発ゲーム』という名のついた遊びに変わっていた。

一発。ようするにぶつけるものはボールではなくなり、ひとの拳という意味だ。じゃんけんではつまらないので、バスケのスリーポイントゲームを行って、はずしたやつはその遊びにくわわったやつから一発ずつ殴られる。

最初は、デコピンや平手程度のものだったのがエスカレートするのに時間はかからなかった。おまけにその遊びは主に体育館や校庭で行われていたため、あまりアウトドアな遊びにくわわらない、教室で本を読んでいるのが好きな瀬戸には、その全容はよくわかっていなかった。

だが、ある雨の日。じめじめとした教室に押しこめられていた連中は案の定フラストレーションをためこんで、体育館に行くぞと言い出した。

「なあ。瀬戸も行かねえ?」

「……おれか?」

ふだんはその手の遊びにくわわらない瀬戸だったけれど、なにを思ったのか茅野はふと思いついたように瀬戸を誘った。なんでだ、という顔をしたのは一瞬、けれどちょうど図書館で借りていた少年探偵団シリーズを読み終えたばかりの瀬戸は、暇だからいいようとうなずいた。

「――すげー、瀬戸やるじゃん！」

「なんだよ、うまいんじゃん！」

瀬戸はあまりアウトドアな遊びを好まなかったが、運動神経が悪いわけではなかった。そのためすぽすぽとスリーポイントを決め、『一発』から免れているうちにはべつに、ふだんの遊びと変わりないなと思っていた。

だが、グループのなかにひとり、どうしても鈍いのがいた。何度やってもシュートをはずし、皆によってたかって殴られていた。

（まずいんじゃないか、あれは）

幼いころから合気道もやらされていた瀬戸は、段こそ持っていないが有級者だった。そのため、自分が叩く番では軽く、肩や二の腕などを平手でやる――痛みは強いが、さほどのダメージはないやりかたを選んでいた。しかし、そうした暴力の加減を知らない少年たちは、主に顔やこめかみあたりをばしばしとやっている。

「茅野。耳のあたりを叩くのはよせ。頭もだ。やるならほっぺ狙え」

「え、――なんで？」

「いいから、言うとおりにしとけ」

遊びに水を差すのも悪いかと、危険だからと言いきれず「とにかくそうしろ」と言い張る瀬戸に、茅野はきょとんという顔をした。だがそれでも彼は、しっかりうなずいたのだ。

「うん、わかった。瀬戸の言うとおりにする」

そんなに力いれてないよ、と彼が笑う表情に邪気はなく、そして叩かれたほうもけらけらと笑って、殴り返しもしている。だから慣れているのだろうと瀬戸は油断して――そこで、事件は起きたのだ。

「――よっし、じゃあ次、俺な？」

「茅野ちゃん、いっとけー！」

「やれやれー！」

何度も叩かれていた少年に向かって、茅野は手のひらをふりあげた。彼はそのころすでに、周囲の少年たちよりも大柄で力も強かった。だが、ちゃんと瀬戸の言ったとおり、派手な音を立てるもののダメージの少ない頬を狙ったのも、瀬戸だけはわかっていた。

しかし――その、ぱあんと響いた音のあとに、少年はふらっと血の気をなくして倒れた。

「んっだよ、倒れんなよ、だせー」

「泣きまねしてもだめだぞっ」

最初は大げさだと笑っていた連中が、倒れて泡を吹いている彼に気づいて同じように血の気を失うのにはさほどの時間もかからず。

「――おい、おい!?　なんだよ、どうしたんだよ!?」

半泣きで騒ぎ出した周囲に、ことが大きくなるのはあっという間だった。

それからはもう、瀬戸も思い出したくないほどの狂乱ぶりだった。何度も叩かれた少年は、自分でも自覚はなかったが少しばかり心臓が弱く、ショックを受けると狭心症の発作を起こしかねない体質なのだと、病院に運ばれたあとに判明したのだ。

今度ばかりは、瀬戸の釈明も大人は聞き入れなかった。そして最後の一発を入れた茅野は、当然ながら矢面《やおもて》に立たされ、そこで瀬戸は事態のあまりの大きさに愕然《がくぜん》とした。

知らせを受け飛んできた少年の母親は、すみません、すみませんと繰り返す茅野の母に向けて、ヒステリックな金切り声でこう泣き叫び続けた。

――あなたのうちではいったいどういう教育をしているんですか！　うちの子どもになにかあったらどうするんですか！

責め立てられ、真っ青な顔のままの茅野の母親はもう土下座せんばかりの勢いで、茅野はその横で一度も顔をあげずにうつむいたままだった。

――ご家庭が荒れているからそういう子になるんじゃないの!?　これだから、公立はいやだったのに！

それとこれといま、なんの関係があると叫ぼうとした瀬戸を止めたのは、瀬戸の母親だった。理不尽だと思って母を睨んだけれど、黙りなさいと一喝された。

――光流、覚えなさい。あなたたちのしたことは、許されることじゃないの。そして、誰かを傷つけたら、償いをしなければならなくなる。それをちゃんと覚えて、友だちがばかなことをしようとしたら、止める勇気を持った人間になりなさい。

（あいつだってみんなを殴ったし、おれだってあいつを殴った。みんな殴った。茅野はおれの言うことをきいて、ちゃんと怖くないように間違いのないようにしていたのに、どうして）

理不尽という言葉を身をもって嚙みしめる息子の感情など、母は理解していただろう。だがそれでも、場をわきまえなさいと彼女は叱るだけだった。

――あなたはいま、あのひとに怒る権利はない。あのひとの言うことが正しいかどうかはいま関係ない。いまはただ、誰かを傷つけたことに対して、申し訳ないと思いなさい。お母さんと一緒に謝りなさい。そしてきちんと、自分の行動とこれからについて、考えなさい。

正しく厳しい母の言葉に反駁《はんばく》の機会は失われ、ぐっと押し黙るしかない。そうして瀬戸は、母親ともども、ヒステリーを起こした相手に頭を下げ続けた。

幸いなことに病院で調べたところ、倒れた少年はただのショック症状だけで、数日様子見で入院すれば、さほどの心配はないと知らされた。あとは大人同士で話しあうということになり、子どもらは帰るようにと言われた。

瀬戸が、自分がどうしようもなく子どもであることを、ひどく痛感したのはそれが最初かもしれない。ただ申し訳ないと言い続ける母親たちの姿を見てしまったのも不快だった。責任を自分で取ることすらできない、力ない存在であると思い知るのはことのほか苦かった。

それだけでもかなりいやな経験ではあったのだが、さらに瀬戸が不愉快だったのは、グループの面子《メンツ》が皆、茅野に対して睨むような目を向けたことだ。

「茅野ちゃんが、あんなにいっぱい叩くから……」

「おれら、かんけーねーのに。たいしたことねーのに、怒られてさー」

「な……っ」

おまえがとどめ刺したんだろう、そういう目で鬱陶しそうにする連中に対し、瀬戸がなにか言おうとした瞬間だ。

「おまえらな……！」

「……瀬戸ー、帰ろうぜー」

むしろ暢気《のんき》なほどの茅野の声がして、瀬戸はかっとなった。なんでおまえはそうなんだと嚙みついてやりたくなり、当時すでに十センチは自分より背の高い友人を見あげれば、いつもと同じへらへらした顔がある。それでよけい苛立ちは募って、瀬戸は歯を剝いて怒鳴りつけた。

「おまえなに笑ってんだっ、ばか、アホ！　おまえひとり言われることじゃないんだぞ！」

「んーまあ、ほら。いいからさ。もういいから」

早く行こうよ、と腕を引かれて、瀬戸は卑怯《ひきょう》な連中を精一杯睨みつけた。今度からなにか事件を起こしても、もう平等な証言などしてやらないぞと思ってのそれに、睨まれたほうは気まずそうな顔をして逃げていく。

「ごめんなー、瀬戸。おれが誘ったから」

「やるって言ったのはおれだっ」

茅野ひとりになにもかも押しつけるのは間違っている。ぜったいに間違っていると怒り散らす瀬戸へ、やはり茅野は笑っている。おかげで瀬戸の苛立ちは治まらず、険のある声も止まらない。

「だいたいあのオバサンも先生もなんなんだよ。おまえの家のこととか、関係ないだろ！」

今回の件でもっとも腹立たしいのはそこだった。周囲は揃《そろ》って、いままでなんでもない顔をしていた茅野の家庭の事情とやらを次から次にあげ連ねたのだ。

——茅野君のおうちのことがあっても、それを理由になにか言っちゃいけません。

そんな言葉で、差別をするな平等に、と言い続けた大人の口から「やっぱり」「だから」という単語が出るたびに、腹の奥が腐っていくような凄まじい怒りが湧《わ》きあがったのだ。

だが、当の茅野は奇妙に明るい声で、あっさりとこう言ってのけるからよけい腹が立つ。

「いいんだ。おれ、慣れてるから」

「なにがだっ！」

いつものことだからと笑うその口元が、変なふうに歪んでいた。声にもいつもの覇気はないことに気づくと、瀬戸はなんだか胸が痛くなった。

「大人ってみんな、あんなもんだぜ？　ぜってえ、おれんちのチチオヤがいないことって、なんかあると言われんだ。そんでそのせいでおれは、悪いことになんだ」

「うちの親は違うっ、あんな連中と一緒にすんな！」

少なくとも自分や自分の父母はそんなことを思わないと瀬戸が声を荒らげれば、わかっているとまたあっさり茅野はうなずいた。

「あ、うん。おまえんちのおばちゃん、美人だし若くて、かっけーな」

「そういう話じゃないっ」

理不尽だ。なにか、どうしようもないほど自分が力ないものに思えるような理不尽が、この世界にはあるのだ。まだ幼い頭ではそれを言葉にできないままで、ぐっと吐き気さえ催す怒りをこらえるため、瀬戸は唇を噛みしめる。

いいんだ、と茅野はまた笑った。必死に涙をこらえた瀬戸の肩を叩いて、明日は学校来られるかなあと、やっぱり暢気そうな声で笑った。

「あ、ところで明日の給食、なんだろうな」

あげくにそんなとぼけたことを言うから、ものも言わずに瀬戸はその尻を蹴ってやった。

「いてえよ瀬戸！　なんだよ！」

（だめだこいつ）

ぜんぜんわかってない、とかぶりを振って、わからないふりをしたいのか本当にばかなのかどっちなんだと瀬戸は煩悶した。明日の給食の心配をする前に、明日からの自分の身に降りかかる冷たい目について心配しろと言いたくて、けれど言いきれなかった。

瀬戸自身そうとうに混乱していて、なにをどう伝えればいいのかなどわからない。あまりのことの大きさに、いくら賢くても少年の脳はパンクしそうになっているのだ。

そこでふと思い出したのは、厳しい母の声だった。

――友だちがばかなことをしようとしたら、止める勇気を持った人間になりなさい。

――誰かを傷つけたことに対して、申し訳ないと思いなさい。

いまは自分がもっとも信じているひとの言葉のとおり、行動するしかないのだろうと、涙の滲んだ赤い目を瞬いて、瀬戸は強く言い放つ。

「茅野。明日、あいつの見舞い、おれとおまえで行くぞ」

「……うん」

いやな顔をされても、それが責任を取るというやつだ。わかるよな、と目を見つめれば、茅野もしっかりうなずいて唇を結ぶ。その凜々《りり》しいような痛ましい表情に、自分が思うほどばかじゃないのかなと思う。少なくとも、誰かを傷つけたその咎《とが》は、充分感じているのだろう。

　だがそれからさきまでは、茅野は想像できていないはずだ。たとえば明日から——さっきの連中や、親や教師や、そうしたものに差別されたり、いじめられたり無視されたりとか、そんなことはこの脳天気はわかってなどいないのだ。

　——そしてきちんと、自分の行動とこれからについて、考えなさい。

　母の言葉を胸に秘めつつ、茅野のばかアホ間抜けと百万回、心の裡《うち》で繰り返したのち、瀬戸はただこれだけを言った。

「それから茅野。明日から、おれがやめろっつったことはすんなよ」

「へ？」

「へじゃねえ！　いいからおれの言うことをきけっ！」

　いやなものを見すぎて目を瞑っているなら哀れだし、理解もできないほど幼いなら目を覚ませというしかない。だがそれ以前にこのアホが暴走しかけたら、たぶん自分が止めてやるか、そうでなくてもフォローするしかないのだろう。

　少なくとも茅野より少しは自分のほうが頭がいい。見えていないものが多くて転びそうになるなら、先回りしてそれを危ないぞと言ってやろう。

　そうでなければ、こんなへらへらしたばかは、もっともっと傷ついてしまうから。

「うん。瀬戸が言うならそうする」

へへへ、と笑う顔が本当に本当にばかみたいで、呆れたけれど哀しかった。なにも考えていないような顔をしているくせに、その目の縁はやはり、真っ赤になっていたからだ。

こんな顔は茅野には似合わないと思った。彼にはやはり、お日様によく当てた布のようにさらさらとした、真っ白な笑みでいてもらわないといけないのだ。そうでなければ自分が哀しくなってしまう。それは、ぜったいにいけないのだと強く強く思った。

「それからおまえ、ちゃんと宿題やってこいよ」

「えー……」

鼻声にも、目の端に光るものにも、とっくに瀬戸は気づいていた。けれど指摘することはせず、ぐすりと茅野が洟《はな》を啜《すす》るたびに、どうでもいいことを口にした。

「えーじゃない。休み時間におれの答えだけ見てもだめだぞ」

ちゃんとするんだ。いろんなことを。二度と、茅野にこんないやな思いをさせたくなくて、そう繰り返した。

瀬戸はレッテルという言葉はまだ知らなかったけれど、本人のあずかり知らないところで責められてしまう要素を持った人間は、弱みを作ってはいけないんだと、それだけは強く感じたのだ。

そして、自分が見ている限りは、ぜったいに茅野を誰にも責めさせることはするまいと。

＊　＊　＊

その一件以来、茅野の性格が改まったかといえば、そんなことはなかった。相変わらず面白そうなことには飛びつくし、ばかもやる。ただしその傍らには常に瀬戸がいて、暴走しがちな彼にブレーキをかけ、ときには叱り、ときには事後のフォローを請け負った。

小学校を卒業し、中学、高校と進路が別れてもその関係性はなんら変わることはないまま、ついには勢い任せではじめると言い張った茅野の夢、インポートショップと飲食店をミックスした、セブンスヘブンの立ちあげまでも、つきあう羽目になったのだ。

しっかりしろ、ちゃんとしろと言い続けて二十年余り。その間ずっと、口にするのもはばったいが、護《まも》ってきてやったつもりだった。

それが結局、たかがセックスで、恋愛で、立場の逆転に似たものが起きはじめている。

茅野も変わった。なにをそんなに急に、大人になってしまったのかと不安になるほど、あれ以来瀬戸にやさしくなった。

かつてであれば、こちらが怒鳴り散らすまでやろうとしなかった部屋の片づけもきちんとするようになったし、あれこれと気遣いをみせて仕事をまじめにこなし――そして、身体のコミュニケーションについても、瀬戸が顔をしかめれば苦笑を浮かべて引いてみせる。

（いっそもっと、強引にでもしてくれれば）

そうされればされたで怒り散らして逃げるくせに、身勝手なことを考える。変容についていけない瀬戸のかたくなさを、いっそあのころの子どもの目で「なぜだ」と問われるほうがましだ。図々《ずうずう》しく甘えていちゃついてくるならば、つれないふりをしてでも振り払うか、そうでなければ不承不承の顔を見せつつ、抱きしめられてやれるだろう。

けれど、なにもかもわかった顔で許されたなら、瀬戸はもう身動きさえも取れないのだ。そうして顔を強ばらせる自分に、茅野が結局は遠慮をする、その悪循環が止まらない。ひとり取り残され、ざわついた胸をなだめる方法を知らず、仕事に逃げ込む自分がいるのだ。

「痛い……」

じくり、と鳩尾《みぞおち》のうえが痛んで、手のひらで押さえる。近ごろ茅野のことを考えると、肋骨《ろっこつ》の隙間あたりがどうしようもなく疼く。細くとも身体だけは丈夫だったのに、心に引きずられてしまったのだろうかと、おのれの弱さを自覚して瀬戸は低く嗤《わら》った。

そうして目を閉じれば、ちらちらと女性客に微笑んだ茅野の顔が浮かぶ。

さきほど、つっけんどんな態度になった要因のひとつに、隠しようもない微妙な嫉妬《しっと》が滲んでいるから、よけいやるせないのだ。

（愛想がいいのも、誰彼かまわずなのも、もうとっくに知ってるだろうが）

茅野相手にいまさら嫉妬。いっそありえなくて笑えてくる。瀬戸自身、あんなふうに甘ったるく接してほしいわけでは、むろんない。

だが――それが自分以外に向けられることは、やはりどうにも不愉快なのだ。

男女問わずひと当たりもいいが、基本的に茅野はフェミニストだ。苦労人の母親を持ったせいか、ことさら女性相手には声も態度もやわらかく、甘くなる。茅野自身誰かにそうして接することが好きなようで、嬉しそうに目を細める姿を見ていると、どうしてか胸が苦しい。

あの男に、うまく甘やかされてやることなど、きっとできはしない。自分は頑固で強情だし、おそろしくプライドも高くて、他人に見下されるのがたまらなく嫌いだ。

ましてそれが、アホだばかだと言い続けてきた茅野相手なら、なおのこと不可能だ。

そうして冗談じゃないと思うくせに、望むように振る舞ってやれない自分というものへのジレンマも、たしかに感じている。

――悪い、また結局、おまえに無理させるな。

心底申し訳なさそうに言う、あの表情がたまらなく嫌いだ。あんなふうに眉を下げた情けない茅野の顔など見たくない。

（いままで好き放題してきて、叱ったところで笑ってごめんで済ませたくせに）

いまさらどうして、そんなに気を遣うのかと、歯がゆくて悔しい。必要以上に瀬戸を擁護しようとする態度など見せつけられるのはまっぴらだ。

どうしてもっと、強気に出ないのか。そしてなにがそんなにうしろめたいのかと言いたくなるのは、結局自分のこだわりのせいなのだ。

「……物忘れ、ひどいくせに」

ぽつりとひとりごちて、その言葉の響きがあまりに弱くていやになる。

キス以上の関係に陥りたくないのは、おそらくはトラウマのせいなのだろうと思う。茅野とはじめて寝て、目覚めて最初に発せられたあの、不本意きわまりないと言いたげなひとことが、結局はじくじくと瀬戸の胸を痛めつけたままだ。

あの夜まで、まるでそんなつもりはなかったはずなのに、茅野がすさまじいまでに男であることを意識させられたあの日から、自分こそがなにかを見失っている。

べろべろに酔った茅野にかき口説かれ、流されるままに押し倒されながら、どうせこれもこの男にかけられてきた面倒のひとつと、そう割り切れると思っていた。

けれど、一度抱かれてしまうと、乱れる身体は自身の思うほど冷静ではいられなかった。

――いいんだ？　瀬戸、いやらしいな……そんなに、声出して。

理性など消え失《う》せるほどに淫《みだ》らに溶かされ、思うさま揺さぶられれば声も出る。執拗《しつよう》に性器をいじり、そのくせけっして瀬戸がひとりで駆けあがることを許さない、意地の悪い愛撫《あいぶ》に翻弄《ほんろう》されて、うねる腰を揶揄《やゆ》されるのがたまらなく悔しかった。

――もっと？　欲しいんだろう？　なあ、ここが好きなんだろ……？

そんなわけがあるかと抗ってみても、自分の漏《も》らしたもので濡れた指を見せつけられれば言い逃れもできなかった。こうして抱かれることを、本当は望んでいたのだろうと決めつけられて、違うと言いながらも挿入された性器を締めつけている自分が信じられず。

――なあ、好きだって言えよ……。

ねだるふりで強要する、タチの悪い命令に、もうろうとするまま従うしかなかった。

――好き、ず……ずっと、好きだ、った。

その瞬間まで意識したこともなかった、茅野自身へと向かう感情に名前をつけて、それを突きあげられながら口にした瞬間の、泣きたいほどの幸福を伴う開放感を、瀬戸は嫌悪した。

そしていっそ、こんなことは全部忘れてほしいと強く願いながら、嬉しい、かわいいと囁いて抱きしめる男の背中に、指を立ててすがった。

だが、壊れそうなほど痛んだ胸の奥から絞り出した告白ごと、すべて本当に忘れられた瞬間、瀬戸は真っ白になってしまった。なにもないことにする以外なんの方法もなく、それで忘れようとしていれば今度は茅野のほうからすがりついてきた。

そのくせ、なんで俺はおまえに催すのかわからないなどと、すべてを丸投げして混乱しているから、どうしようもなく腹立たしく。

――おまえ、ものすごく俺のこと好きじゃないか。

平然とそうして言ってのける以外、プライドを保つ方法などなかった。毒気を抜かれた顔を向ける茅野を見て、おそらくこれで、お互いにあやまちを忘れ、いままでどおり信頼と友情だけを胸に、やっていこうと締めくくるつもりだったのだ。

だがそれで茅野があっさり「そうか」と納得したのは瀬戸の計算外だった。

——もう、忘れないし、……逃げないから。

かき口説かれ、結局はほだされて、現在に至る。だがいまだに茅野は、瀬戸の必死の言葉を思い出すそぶりもない。

つれない、冷たいと責めるけれど、ならば宙ぶらりんにされた記憶を抱えたままの自分は、どうすればいいというのだ。

茅野という男の強烈なセックスを、その声と身体と表情のどうしようもない悪さを、文字どおり身体に教えこまれた夜、それは瀬戸にとって、あそこまで淫らに蕩け、壊れたように快楽に溺《おぼ》れる自分を知った夜でもあったのだ。

アイデンティティもなにもかも崩壊して、立ち直るのにどれだけかかったか知れない。

茅野の前では常に、強い人間でいたかった。どこか脆い弱さを持っている彼を知っていたから、理不尽にさらされて二度と傷つかないように、してやれると思っていた。

だが結局、そう「してやりたかった」だけなのだと、本当はもうわかっている。

言わないともっとひどくすると、そんな言いざまで引きずり出された言葉が、もう長いこと大事にしまいすぎて忘れていた、本音であったことも。

そしてそれを、自分は本当は、一生言うつもりなどなかったことも——。

「……っ」

突然、開きっぱなしだったパソコンから、メール着信の音声が鳴り響いた。びくりと過剰に驚いてそちらに視線を向けると、雑誌社からの取材依頼と、茅野が依頼していたのだろう、新しい外注先からの連絡メールが数通舞いこんでいた。

「ばかは、俺か」

自嘲《じちょう》した瀬戸の声は、かすれて力ない。こうして瀬戸がぼんやりと物思いにふける間にも、仕事はどんどん動いてしまうのにと、本気で自分に嫌気がさした。

自己嫌悪して浸っている暇があれば、さっさと目の前の書類を片づけるべきだ。こんな状態でよくも、任せろなどと言えたものだとおのれの弱さを嗤《わら》ってみせても、もはやどうしていいのかわからないのも事実だ。

だが、せめていまは、できることをやるほかにないだろう。もう一度深く息をついて、瀬戸はたったいま着信したばかりのメールへ、返信の文面を手早く打ちこんでいく。

（あとは、茅野の切り直した見積もりもチェックして、予算洗い直して――）

キーボードを叩きながら、意識を意図的にビジネスモードへ切り替え、煩雑な感情について思い病むことを瀬戸は放棄した。

食い入るように画面を見つめる自分の表情が、思いつめたものであることなど、もう気づく余裕さえもなかった。

＊　＊　＊

初夏の声を聞くころになっても、茅野と瀬戸のすれ違いの日々は、相変わらずだった。

懸案であったキャストの外注先が呈示してきた値上げについては、インポートの余剰商材をバーゲン扱いにすることでどうにか収支があうことがわかった。アツミの立ち会いのもと、面接を繰り返して選んだドリンクバーの新人についても、もともと大手チェーンのファミリーレストランで、契約社員として雇われ、主任まで経験していた青年を捕まえることができた。

だがひとつの問題がクリアになれば、そこに付随してまた雑事や諸事が増えていくのが仕事というものだ。

「……っ」

店舗の地下にある、倉庫のストックを確認していた瀬戸は、ふいに目眩を覚えて立ち竦む。きつく目を閉じても、くらくらと世界が回るような感覚は去らず、しばらく壁に手をついて息を整えた。

「マネジャー？　どうしました？」

心配そうな野田の声に、なんでもないと瀬戸は首を振る。

「いや、立ちくらみしただけだ。しゃがんでいたから」

「でも……」

言いよどんだ野田の心情は、口にせずともわかりすぎるほどわかっていたが、聞く耳は持たないと告げるために瀬戸はうっすらと笑ってみせる。

夏のバーゲンに向けての商材選別、新人研修に制服の手配、新たな外注先との折衝など、瀬戸の仕事は誰が見ても明らかに、ひとりで抱えるには不可能なものになっている。

わかっていて、それでも瀬戸は走り続けていた。いまではもう、手をゆるめることに理屈ではない恐怖さえも覚えていて、オーバーワークの自分を知っていながらも、制御できないのだ。

青白い顔で、それでもかたくなに微笑む瀬戸に、野田はあきらめたようなため息をついた。

「もうこんな時間か。悪かったね、残業させて」

「いいえ。この程度ならぜんぜんかまいません。ちゃんと残業代つけていただいてますし」

時計を見ると、すでに夜の十一時を回っている。来週から予定しているバーゲンのため、いまのうちにすべてを片づけようとした瀬戸に、つきあうと言い出したのは野田のほうだった。

「つうか、瀬戸マネジャー、ほんとに俺にふることとふってくださいよ」

これでもだいぶ経験は積みましたと告げる野田にまでそう口に出されてしまう始末で、どうにもならないなと瀬戸はますます肉の落ちた頬で笑う。

「わかってる。頼めることは頼んでるだろう？」

「その五倍はひとりでやってるじゃないですか」

ふだんはおとなしくにこやかな野田は、めずらしくも食い下がった。

まだ二十歳そこそこながら、高校卒業と同時にセブンスヘブン常勤になった野田は、この店のセンスに惚れ込んだのだと自分から売り込んできたのだ。そのときの気合いを鑑《かんが》みれば、彼がただ物静かでひとあたりのいいばかりの青年ではないとわかってもいる。

「野田くんに心配されるようじゃ、俺もまずいな」

だがその真摯な目にも、どこか余裕なく苛ついて、瀬戸は茶化すように告げると目を逸《そ》らした。野田はなおもなにか言いたげに口を開いたけれど、瀬戸の拒絶を読みとったのか、それ以上をくどくどと言ってくることはなかった。ただ、幼げな顔をむっつりとさせたまま、ポケットを探って小さな包みを取り出す。

「これ、とりあえず俺から差し入れ。お疲れみたいだから、食ってください。甘いもの」

「チョコレート？」

ありがとうと微笑んで、個別包装のそれをそのままスーツのポケットに入れる瀬戸に、今度こそため息をついた野田は作業に集中することにしたようだ。

もうあがっていいという瀬戸の言葉を無視して、彼は店内のディスプレイ変更までをきっちりとやりこなすまで帰ろうとしなかった。

「ともあれ、お疲れ。また明日よろしく」

「マネジャーも今日はもう書類仕事やめて、ちゃんと寝てくださいよ」

一階のショップを施錠し、帰宅する野田を見送ると、しかめっつらでそう釘を刺された。

わかったわかったと苦笑して告げたのち、灯《あか》りの落ちた通路を通って事務室へと向かう。

「さてと。これは明日までか」

野田にはああ言ったものの、まだいくつかの仕事が残ってしまっていた。現状この店での経理をはじめとする書類関係はすべて瀬戸が始末していて、月締めの入金作業がまだ終わりきっていないのだ。

経理用のソフトを立ちあげ、各々の仕入れさきに対してオンライン入金をしつつ、処理の合間に別のパソコンでせんだっての新規外注先への注文事項をチェックする。

ビープ音が鳴り響き、カーソルの明滅がひどく激しくなった気がして、瀬戸はくらりとする頭を振った。一瞬のブラックアウトに、なにかミスはしていないかとマシンを確認すると、とりあえず入金処理とオンラインファックスの送信は済んでいたようだ。

ほっと息をついて、冷えきった指を握りしめた。どうもこれは血糖値の低下だろうかと気づいたのは、指先が冷たくなり、かすかに震えを覚えたからだ。

「……っやばいな」

そういえば、今日も夜の食事を忘れたなと思いながら、ふとさきほどのやりとりを思い出す。野田のくれたチョコレートはイチゴとカカオの二層になったもので、久々に味わう甘ったるい味に、鈍く重かった頭がクリアになる気がした。

——ほんとに俺にふることとふってくださいよ。

甘いチョコレートの味と、野田の言葉がやけに染みる。実際疲れきっているのは自覚している。とうに限界も超えた状態で、却《かえ》って作業効率が落ちているのも気がついていた。

「誰かに頼る、か」

それができるくらいであれば、こんな性格になりはしない。だがそれでも、少しくらいは余裕を持てるようにしなければならないだろう。

(まあ、それもこれも、いまの忙しさがすぎてからのことだ)

それまではどうでも、踏ん張るしかないだろう。苦笑して熱っぽい瞼《まぶた》を押さえた瀬戸は、軽く伸びをして作業を続けた。

もう少し、あと少し、そうして自分をだましだましにしていることこそが、すでに限界なのだと気づきもせず——ふだんならば必ずチェックするはずの、処理後の確認を忘れたことにも、思い至れぬまま、もう何度目か数えるのもばかばかしいひとりきりの夜は、明けていったのだ。

に白くする。

＊　＊　＊

そして翌朝、店を開けるなりかかってきた電話のひとことに、瀬戸はひきつった顔をさらに白くする。

「――入金されてない？」

背中にじっとりと汗をかきながら、大急ぎでソフトを開く。受話器を耳に挟んだまま、昨晩処理したばかりのデータをざっと目で追いかけ、瀬戸は静かに息を呑んだ。

「ちょっと、お待ち頂けますでしょうか。昨日たしかに――」

取引済み一覧のなかに、いま電話をかけてきた相手の名前がない。代わりに、今回入金するはずの予定ではなかった会社名が表示されていて、冷や汗をかきつつ確認したところ、一覧から選んでラジオボタンを押す際に、間違えたのだと気づいた。

あの目眩のした一瞬に、操作を誤ったのだろうことは想像に難くない。さあっと音を立てて血の気が引いていき、常にはあり得ないミスに声が震える。

「申し訳ございません。のちほどあらためてお詫《わ》び申しあげます」

きんと耳鳴りがするほどに動揺し、落ち着け、と自分に言い聞かせながら電話を切ったとたん、急《せ》いた様子の茅野が事務室のドアを開いた。

「おい瀬戸、ＫＳファクトリーからファックスが来て――」

「ああ。謎の入金の件だろう」

皆まで言わずとも、茅野の顔を見れば用件はわかっていた。ぐったりと机に突っ伏した瀬戸の様子に、茅野は言葉を切って眉をひそめた。

「こっちもいま、イトウから連絡あった。すまん。俺のミスだ」

「おまえ……」

「昨日、入金処理するときにどうやら、間違えたらしい。早く、詫びを入れないと」

瀬戸の声に張りはなく、茅野は苦笑してみせる。

「そりゃまた、めずらしいこともしたもんだな」

空気の重さを変えようと、あえて明るい声を発したのがわかった。だがそれに対して無言のままの瀬戸は、ため息をつくしかできない。

(なにをやってるんだ、俺は)

初歩中の初歩という失敗だけに、痛い。入金のボタンをクリックする前に、ほんの一瞬画面をたしかめれば済んだことなのに、それにすら気が回らなかった。

どれほど、視野が狭くなっていたのか知れようというものだ。

「まあ、なんだ。簡単なミスだろ？　すぐにイトウには入金手配して、詫び入れればいい」

とりなすような茅野の声に、瀬戸はふいに笑い出したくなる。また気を遣われている。

情けないにもほどがあるミスを犯し、責められもせず慰められていることがたまらなかった。

（まったく、これじゃあ、どうしようもない）

ひとりで意地を張って抱えこんで、結果がこれか。唇を歪めつつ、それでも瀬戸は落ちこんでいる場合ではないと立ちあがった。

「おい。どこ行くんだ？」

「決まってる。いまから双方に詫びをいれてくる」

能面のような顔に目を瞠り、茅野が怪訝そうに問いかける。それに対し、なんの色もない表情を向けたまま、瀬戸は大柄な男の脇《わき》をすり抜けようとした。

「待てって、瀬戸！」

だが、声を大きくした茅野に腕を摑まれ、それは果たせない。なんなんだ、と苛立ちも隠せない表情で睨《ね》めつけたさき、心配そうにこちらを見つめる茅野がいた。

「おまえ、そんな顔で詫びいれて、どうする気だ」

「顔？　顔がなんだっていうんだ」

「真っ青だろうが。詫びなら俺で充分だろう、いいから少し休めよ」

なだめる声に、いらいらする。もうすぐにでも飛んでいって、頭でもなんでも下げなければいけないのに、どうしてこの男は邪魔をするのだと、そんなふうに瀬戸は感じた。

「俺のミスだろうが。俺が始末するのが筋だ」

だから摑まれた腕を振り払い、吐息混じりに冷たく言い放つ。しかし、その瞬間苛立ちもあらわに、茅野は机を叩いた。

「いいかげんにしろ、瀬戸！」

「……っ」

この男が声を荒らげることなど滅多になく、びくりと瀬戸は身を竦ませ、そうして怯えるような反応を見せた自分を嫌悪した。

「おまえはいったいなにをそんなに強情張ってるんだ⁉」

「俺は、べつにっ」

反射的になにか怒鳴り返したくなり、しかし開いた唇からはひゅうっと息を吸う細い音以外、なにひとつ発せられない。言葉を失った瀬戸に、きつい目をした茅野はさらに言う。

「ひとりで背負い込んでたら、限界来てあたりまえだろう。そんなの、いつもならとっくにわかってることだろう⁉」

いったいどうしたんだと肩を揺さぶられ、目眩がした。理のかなった茅野の台詞《せりふ》に、状況も忘れてひどくおかしくなり、瀬戸の唇からはひきつった笑いがこぼれていく。

「ふ、ふふ……ははは っ」

「おい、なに笑ってんだ？」

ヒステリックなその笑いに、茅野はぎょっとしたように目を瞠る。ゆるんだ長い指から自分の肩を引き剝《は》がし、手のひらで顔を覆って瀬戸は笑い続けた。

「笑わずにいられるか。俺がおまえに説教されて……ああ、おかしいったらない」

そして惨めだ。なにか、どうしようもない情けなさに包まれて、笑う以外できない。

「おまえな、いまはそういうこと言ってるんじゃ」

「そういう話だろう？　結局、俺に任せろなんて片意地張って、こんなばかばかしいミスして」

困惑を滲ませつつも、茅野は怒ったように目を吊りあげた。最近、こんな顔ばかり見ているなと思うとむなしさと哀しみが胸をいっぱいにして、瀬戸の笑いは次第にかすれる。

「それでおまえにフォローされてりゃ、もう俺のいる意味なんか、ないじゃないか」

「瀬戸……？　どうしたんだ、おい」

弱々しい声に、茅野はすっと目を眇《すが》めた。尋常ではない瀬戸の様子に憤りは消え、ただこちらを見やる目には、心配とあたたかい情を滲ませた色が浮かぶ。

(だから、そんな目で見るな)

「俺を……っ」

弱い者のように、庇護《ひご》の対象のように見るな。そうやって、甘やかそうとするな。いままでおまえが何人も――何人も、同じようにしてきたとおりのパターンを、俺に当てはめるな。

口にすることのできない繰り言が凄まじい勢いで脳内を駆けめぐり、結局はかぶりを振って口をつぐむ。だが、茅野は許さず瀬戸のやせ細った手を摑んだ。

「おまえを、なんだ。なにが言いたいんだ？」

どうしてうろたえも怒りもせず、言ってみろとそんなふうに静かな目で語りかける。悔しい、と反射的に手を振り払い、瀬戸は言いはなった。

「俺を、そうやって甘やかそうとするな、見下すな……っ」

叫びながら激しく振りかぶった頭はそのままぐらりとかしいで、目の前が暗くなる。

「瀬戸っ、おい、瀬戸⁉」

膝《ひざ》の力が抜け、焦るような茅野の声が聞こえた瞬間には、瀬戸は意識を失っていた。

＊　＊　＊

ふわりと煙草の香りがして気づくと、目の前には凄まじく怒った顔をしたアツミが立っていた。

「気がつきましたか」

まだはっきりしない意識のまま周囲を見渡せば、自室のベッドに寝かされていた。状況がまったく理解できず、茫洋《ぼうよう》とした声で瀬戸は問いかける。

「俺は……？　いったい、なにが」

「なにがじゃありません。大変な騒ぎだったんですよ」

「さ、騒ぎって、俺はなにをしたんだ？」

その声に対し、呆れかえった、という様子のアツミはいらいらとショートボブの髪を掻きむしり、冷たく告げた。

「なにってぶっちゃけ、寝てました。爆睡です」

「は？」

「店長が泡食って瀬戸が倒れたって大騒ぎして。救急車呼ぶかってなとこまでいったんですけどねえ。よく見たら気絶してたんじゃなくって、マネジャー、ぐーすか『寝てた』んです」

「は……？」

それはいったい、と瀬戸が起きあがると、アツミはふうっと息を吐いたあと、声を大きくした。

「で・す・か・ら！　言いましたよね食事は摂れ、ちゃんと寝ろと！　怒鳴りあって貧血起こして昏倒《こんとう》する前に、ちゃんと家で休みなさいよ！」

耳がきんとするようなその怒声に、瀬戸は面食らうほかにない。どれだけひとを心配させたと思っているのかと、アツミは目を吊りあげたまま頭上からがみがみと続けた。

「反論の余地はなし！　三十男が自己管理もなってないなんて情けないと思いなさい！」

「は……はい……」

思わずベッドのうえに正座しながらうなだれた瀬戸に、三度のため息をついて、アツミはやっていられないと首を振った。

「店長なんかあっちが倒れるんじゃないのかってうろたえぶりで。野田くんがまずは寝かせようって提案して、そのときあなたの寝息に気づかなかったら恥かくとこでしたよ」

それでもなにかまずい病気であればと青くなり、救急車を呼ぶより近所の医者に走ったほうが早いと内科医を呼びつけてみれば、あっさりと「寝てるだけだね」と診断されたという。

「おまけに、ほっぺたはたいてみたら『眠い』って不機嫌そうにかみついて」

「それは……すみません」

あまりの失態に顔が熱くなる。ぐらぐらすると思ったのは寝不足に空腹のせいであったようだ。証拠にいまの瀬戸はひと寝入りしたあとらしく、少しばかりすっきりしている。

「それと、あきらかに栄養失調だそうです。というわけで、おかゆ作ってありますから、こちらに運びますか」

「いや、起きられるから」

店のキッチンで作ったというアツミに、うかがいますと頭を下げると、ふんと鼻を鳴らした彼女は身を翻す。その華奢《きゃしゃ》な背中に、瀬戸はおそるおそる問いかけた。

「あの、でも俺はなんでここに」

「店長が抱えて運搬です。部屋に運ぶったって、さすがに三階まで階段歩くのは無理でしょうって、野田くんが手伝うって言ったんですけど、いいから触らないでくれって。ひとりでやるって」

「茅野が？」

「まあさすがに横抱きとはいきませんで、おんぶですけど？」

状況を想像して真っ青になったあと赤くなる瀬戸に、アツミは皮肉げに笑ってみせた。

なにもかもを見透かしたような笑みに、彼女が茅野と瀬戸の関係についてとうに気づいていたことを知る。複雑に苦い気分になりつつ、瀬戸はいまこの場にいない男のことを問いかけた。

「それで、茅野は？」

「ついてってやりたいけど、詫びを入れるのがさきだからと、イトウさんとＫＳさんに菓子折持って飛んでいきました」

そうか、と呟いて瀬戸は細い首をうなだれた。裏階段を通って店に入ると、営業時間内であるはずなのに客の姿はない。しんと静まりかえった店内は最低限の灯りをつけたのみで、時計を見ればまだ七時を回ったばかりだ。怪訝な顔をした瀬戸に、アツミはあっさり言ってのける。

「マネジャーが倒れたんで、ちょうど客が切れていたので閉めました」

「そう……」

もう本当に、どういう失態だといっそ笑いたくなりながら、毎度のカウンター席に腰掛ける。すぐにスープ皿によそって出されたのは、細かく切った野菜と鶏肉の入った粥《かゆ》だった。れんげはないのでスプーンで掬《すく》いながら口に運ぶと、滋味が心身に行き渡るような味がした。

「美味《うま》いよ。和食もさすがだね」

「ありがとうございます」

礼を言いつつ、アツミの眉間の皺は取れない。そうとうに怒らせたようだと首を竦めつつ、瀬戸は久々のあたたかい食事を味わう。無言の間、手持ちぶさたなのか習慣か、アツミは近くのグラスを磨きだした。

営業時間ではないため、BGMも流れていない店内では瀬戸の食事をする音と、アツミがグラスを磨く音以外なにも聞こえない。静かでほの暗い空間は、瀬戸の張りつめた神経にはほどよく作用して、胃の奥に落ちる粥のおかげもあり、身体が徐々にあたたまるのを感じた。

「あの、コーヒーをもらえるかな」

粥を食べ終えた瀬戸が告げると、アツミはじろりと睨んでくる。

「病人がばかを言うんじゃありません」

「……病人て、寝てただけなんだろう、俺は」

「そうですね。たしかに、倒れるまで自分が眠いことすら自覚のないくらいに寝不足なだけでしたね」

ぐうの音《ね》も出ないままうなだれた瀬戸へ、彼女は耐熱ガラスのカップを差し出してくる。カモミールのやわらかな香りが漂うそれを、瀬戸はおとなしく受け取り、ひとくち啜った。

「いろいろ、悪かったね」

「それはわたしより、店長に言ってあげてください。あのかた、真っ青でしたよ」

ごちそうさまと皿を渡せば、煙草をくわえたアツミのそっけない声が返ってくる。ふだんなら必ず喫煙の許可を取る彼女は、人騒がせな上司に対して遠慮する気はないようだ。

「そうだな。茅野にも、迷惑を――」

「迷惑ってんじゃ、なくて。あのねえ、マネジャー。あなた、倒れる前にあのひとになに言ったんですか？」

複雑そうな顔を浮かべつつ煙を吐き出すアツミの指摘に、瀬戸はぐっと押し黙る。だが素直に内情を吐露するのにはためらいが浮かび、表情を硬くしたまま問いかけた。

「なぜ、そんなことを訊くんだ？」

瀬戸の問いに対し、深々と煙を吸ったアツミは首をかしげつつこう告げる。

「正直、仕事優先って性格じゃないでしょ、店長。あなたが倒れたっていうのに、わたしに任せたっつって取引先に飛んでいこうとするから、なにがどうしたんだって訊いたんですよ」

瀬戸が無言のまま目で促すと、ふたつめのグラスを磨きながらアツミは言葉を続けた。

「見下してるつもりはなかったんだけど、って。それだけ言って、店長、笑いました」

とても哀しそうに、とつけ足したその声は小さく、けれど瀬戸を責めているのがわかった。

「いったいなんだって、そこまでこじれたんですか」

「それは……」

「もういいかげん、ここまで迷惑かけられたら、訊く権利ありますね？」

言いよどんだ瀬戸に対し、手元のグラスに落としていた目をちらりとあげて、アツミは言う。声音《こわね》は静かながら抗えないものを含んでいて、瀬戸はカウンターに肘をつくと、深々と吐息した。

「アツミちゃん、一応訊くけど、どこまで知ってるのかな」

「どこまで、といいますか。おふたりの関係については、去年の秋にまあ、なるようになったんだろうと推察してます」

やはりか、と瀬戸ががっくり肩を落とせば、アツミはしれっと言ってのけた。

「まあ色に出にけりというところなんで。主に店長が」

「……そう」

そのあたりは否定しきれるものではない。あの恋愛ジャンキーの茅野が、相手が自分とはいえそれを隠せる性格でないことなど、それこそ瀬戸がいちばん知っているからだ。だが

『主に』というあたりが微妙に引っかかっていると、アツミは淡々とこう続ける。

「そのあたりが原因でこじれてるんだろうとは思いましたが、プライベートを詮索する気はありませんし、どうでもよかったんですけどね」

「どうでもいいのか？」

「わたしには関係ない話ですので。まあ、瀬戸マネジャー相手なら、ふだんよりはトチ狂う確率は下がると思って、地道に努力してくださいとは言ってたんですよね。ただ――」

そこで言葉を切り、アツミは意味深に皮肉な笑みを浮かべる。

「堅実な恋愛を地道にがんばろうと、あちらは努力してらしたんですが、どうもトチ狂ったのはもうおひとかたのほうだったようで」

ぐうの音も出ずに押し黙った瀬戸に、くわえ煙草のアツミは容赦なく続ける。

「正直なところ、瀬戸マネジャーがああまでぐだぐだになると思ってませんでした」

「俺も思ってなかったよ……」

これはもう白旗を揚げたほうがましだと、瀬戸は苦く笑った。茅野相手には意固地にもなるが、人生経験も年齢もなにもかも負けているアツミ相手に、張る意地もない。

「で。マネジャーはいったい、なんであんなに躍起になってらしたんです？」

「負けるような、気がしたんだ」

ぽつりと呟いた声は、自分でも別人のように力なかった。だが醜態をさらしたあとにもう、格好をつけてもしかたないと思えたのだ。

「なにに対して？」

「茅野に、というか。変わってしまった、状況に、かな」

それ以上に、もう吐き出してしまえと告げるアツミの目に宿る保護者めいた色合いに、頼ってしまいたい気分で、瀬戸は静かに目顔で促す彼女へ、独白めいた言葉を綴《つづ》る。

「なんだか、落ち着かないんだ。いままでぜんぜん、俺のことなんか気にしなかった茅野が、いちいち気を遣って。やさしく、しようとしたり」

言葉にしてしまえば、単純なことにも思えた。

茅野から向けられる情を感じるたびに、瀬戸はひどく混乱する。どうしていいのかわからないまま、じっとあたたかい目で見つめられると肌がざわざわして、そんな自分がいやでたまらない。

「恋人にやさしくされて気を遣われて、なにが不満ですか？」

「そういうんじゃ、なかったはずなのに。これじゃまるで、俺は……女、みたいじゃないか」

庇護されたいわけじゃない。恋人だからというだけでどこまでもぐずぐずに甘やかされるような、そんな関係は耐えられない。

対等でありたいし、むしろ背中を預けてほしい。そうして茅野を護ってやりたいと思っていたのに、結果はまるで逆の状況に、瀬戸はただ混乱していたのだ。

だが、鬱屈《うっくつ》したそれらをぽつぽつと口にした瀬戸へ、なぜかアツミは吸いさしの煙草を灰皿で揉みつぶし、鼻を鳴らした。

「つまりマネジャーは、店長に自分の女扱いされるのがいや、ということでしょうか」

「……アツミちゃん？」

それが冷静な彼女にしてはめずらしいことに、ひどく気分を害したリアクションだと知れたのは、冷めきったまなざしを向けられたからだ。

「女扱いをされたがなんですか。私なんか生まれてこのかた、女扱い以外されたことありませんが？」

「！　それは」

「マネジャーのそれは女性を見下しているということなんでしょうか」

問われて、瀬戸は真っ青になる。唇が震え、自分がすさまじく失礼な発言をしたのだと自覚しても、すでに遅い。

「いや、アツミちゃん。俺は、そんなつもりは」

なかった、と言いかけた瀬戸の言葉を聞かず、アツミはひと息にこう告げる。

「そもそも、女扱いってなんでしょうね。必要なときだけは男と同じ能力を求められるし、女だからって容赦もされません。恋人がいたからって、やさしい関係ばかりとも限らない」

そんなことはあなたはわかっているんじゃないですかと、厳しいまなざしに責められて瀬戸はなにも言えなくなった。

「オーバーワークなマネジャーを、わたしだって心配します。そうしたものを過剰に考えすぎてるのは、そっちのほうじゃないですか」

「……悪い」

つけつけと呆れたように言われて、瀬戸はもう言葉もない。だがそう簡単には許さないと、アツミはなおも冷たい声を発した。

「だいたいね。男だったら男らしく、状況を受け入れちゃどうですか。少なくともいまのマネジャーは、それこそ女以上に往生際が悪いです」

ずばんと言いきったアツミに、言葉を失った瀬戸はうなだれる。新しい煙草に火をつけたアツミは、心底呆れたように長々としたため息を、煙とともに吐き出した。

「まあね、あのひとも露骨すぎる部分はあると思いますが。それでも、がんばってるじゃないですか」

「知ってるよ」

仕事にも以前よりずっと必死に努力するようになった。そして瀬戸への距離も、けっして押しつけがましくしないよう、精一杯の譲歩を茅野は見せている。

だからこそ、ひと息に成長しようとする彼に、まるで置いて行かれそうな気がしたのだ。

それが不安なんだと、そこまでの甘えを言いきれはしなかったが、アツミにはすべてお見通しなのだろう。しかたのない、と苦笑を浮かべて瀬戸の肩を軽く叩いてくる。

「少なくとも、いままで見たこともないくらい必死に見えますよ。あのひと」

「そう、か？」

「ええ。だってなにしろ、店長の恋愛パターンって決まりきってましたからね。今回、例外すぎてどうしたらいいかわからんって、しょっちゅう呻いてます」

おずおずと顔をあげた瀬戸は、アツミの意外な言葉に目を瞠る。

「例外？」

「あのですね。ひとつ言わせてもらえば、店長が恋人に甘いのは男女関係なく――っつか、見境なく、です。そんなものは、あなたがいちばん知ってることじゃないんですか？」

「それは、そう、だね」

かつての茅野の華やかかつ情けない恋愛遍歴を、もっとも知り抜いているのはほかならぬ瀬戸自身だ。そしてあの男が、惚《ほ》れた相手にはべろべろのメロメロになってしまうこともむろん、熟知している。

「それこそ相手のために尽くして尽くして、幸せにするのが好きなんですよ、基本下僕体質ですから、店長は」

「下僕体質って、きついねアツミちゃん」

「単なる事実です。けどそれ、マネジャー相手にあのひと、してないじゃないですか」

どころか少し気を遣うだけでもそうして拒否しているだろうと指摘され、瀬戸は思ってもみなかったと目を瞠った。

「あれでもねえ、店長はかなりセーブしてますよ。マネジャーがプライド高いの知ってますし。それ以前に、まったくいままでのスキルが通用しないんで。ちゃんと学習してますよ」

むしろ、きちんと見てないのはあなたのほうじゃありませんかと、アツミは奇妙にやさしい声を出す。どうにも受け入れがたいそれに瀬戸が黙りこんでいると、深々と煙草を吸いつけた彼女はみずからの吐き出す紫煙の流れを目で追うように、すっと視線を逸らした。

「店長はたしかに、アホなんでしょうけど、それ以前にどっかが子どもだったでしょう」

自分の存在を無条件に受け入れられるとどこかで信じきっている。だから端《はた》から見れば迷惑だったり無神経な行動を取っても、本人だけが気づかずけろりとしたまま。

「ひとの好意を疑わないのは、本来の意味で子どもだと思います。それがいい悪いではなく、自分の人格や行動をすべて肯定されることを、どこかで当たり前だと思ってるんでしょう」

ふつうそういうのはただの甘ったれで、思春期あたりに周囲や親から真っ向否定されて、目が覚めるものだが。肩を竦めたのち、アツミは苦笑を浮かべる。

「まあただ、あのとおりのひとだし、愛されちゃう性格だから、気づくのが遅れてるって話もあるんでしょうけどね」

「ただのアホだけどね」

切って捨てつつもアツミの言うことはある意味正しいとわかっているので、瀬戸の声は力ない。それに対しアツミは、まるで駄々を捏《こ》ねる子どもを見守るような、包容力のある笑みを浮かべた。

「それでもってそんなふうに育てちゃったのって、瀬戸マネジャーじゃありません？」

「育てっ……なんで、おれがっ」

心外だと瀬戸は声を裏返すが、しれっとしたアツミの声は止まらない。

「本来の資質もあると思いますけど、あのひと本気でマネジャーのこと信じてますからね」

そりゃもう、いっぺんの曇りもなくと、磨きあげたグラスをライトにかざしてアツミは呟く。

「前だけ向いてろ、フォローするからって言い続けたんでしょう。それを物心つかないころからやり続けられていれば、あんな性格にもなろうってもんで」

「それは、俺のせいなのか？」

茅野のあのある種はた迷惑な性格について、元凶はおまえだと告げられ愕然となった瀬戸に、アツミはあっさり「そうです」とうなずく。

「だからなんていうか、今回の一件については、男だ女だというレベルより、親が子どもに背負われてショック、という事例のほうが近い気がしてしまうんですけど」

「……お、老いては子に従え……？」

「ちょっと違うなー」

磨き終えたグラスを検分し、満足そうに目を細めたのちに彼女はそれを大事そうにしまう。

一連のよどみない仕種はうつくしくさえあって、それに目を奪われた瀬戸の無防備な心に、するりとアツミの言葉が入りこんできた。

「要するに、ようやく同じラインに立ったってことでしょう、あちらは。でもマネジャーはまだ、その保護者気分だったあたりが抜けきってない」

あっさりとした指摘に息を呑んだのは、それが図星だったからだろうか。

「だから、気遣われたりやさしくされると、妙に居心地が悪いんじゃないんですか？」

べつに侮られたわけでもないのに悔しくなったり歯がゆいのは、どこか瀬戸が茅野を下に見ているせいではないのか。言外にそう告げられて、いっそう瀬戸は自己嫌悪が募りそうになる。

「セックスも恋愛も、勝ち負けじゃありませんよ」

苦く沈んだ表情を浮かべる瀬戸に、どっちが上も下もない、立場はイーブンでしかないのだと、静かな笑みを浮かべてアツミは告げた。だがそれだけは納得できないと、瀬戸は自分でも子どもじみていると知りながら、つい口答えのようなことを口にした。

「惚れたほうが負けって、言うじゃないか」

「あら、負けてるんですか？」

にやにやと笑われて、うっかり口を滑らせたことに気づく。だがもうここまで暴露すればいまさらかと、瀬戸はしばしの沈黙のあとにうなずいた。

「だって、言うことがしっかりしたり、きちんと始末をつけたり計算尽くで仕事に取り組んだりそんなの、茅野のくせに、変じゃないか。腹が立つんだ」

「成長したと思ってあげたらどうですか？　そこは」

ぶつくさと、埒《らち》もないことを言う瀬戸にアツミは苦笑するが、だからこそ瀬戸の言葉はさらに拗《す》ねたような響きになる。

「だからべつにあいつは、成長なんかしなくたっていいだろうっ」

「それって、自覚的にだめにしてたってことですか。あらあら」

呆れた、と今度こそ呟いたアツミの前で、瀬戸は顔を赤くする。たいした独占欲だという呟きはこの際聞こえなかったふりで、瀬戸はしらじらしく咳《せき》払いをした。

（結局、俺はあいつに、ずっと頼られていたかったんだな）

それしか価値がないとでもいうように、立場にしがみついて意固地になっていた。それを思い知っただけでもマシなのだろうかと、妙に素直な気分で思う。

これだけの恥をアツミにさらしたあとでは、もう羞恥を感じる神経が麻痺《まひ》してしまったのだろう。いっそすがすがしささえ覚えた瀬戸は、ハーブティーをひと息に飲み干した。

そのさまを、苦笑混じりに見つめていたアツミは、三本目の新しい煙草を取り出したあと、しばし考えるように目線を天井に向けたのち、ふと思いついたというように口を開いた。

「ああ、それと、最後におせっかいついでに言わせてもらいますけど」

「……なに」

前置きにいやな予感がして身がまえると、アツミはさらりと髪を揺らして首をかしげた。

「マネジャーの無駄にいらだってる理由、勝ち負けがどうとか、プライドがどうとかだけじゃないと思いますよ」

「え？」

突然のそれに瀬戸は目を瞠る。飲み終えたカップを下ろしながら目顔で促すと、火をつけないままのそれを指に挟んだ彼女は、めずらしく言いにくそうに小さく唸る。

「わたしが見たところでの推察ですが。おふたり、ここ数ヶ月、すれ違いまくってません？心理的にでなく、物理的に」

「ああ、たしかに。でもそれがなに？」

誰とという言葉などなくとも、流れで理解する。実際、さきの言い争い以外に長時間茅野と言葉を交わした記憶など、瀬戸の脳裏にもなかった。だがなぜ、そんないまさらなことを問うのかと瞬きをする瀬戸に、やれやれとアツミは首を振った。

「なにじゃありませんて。そのせいでしょう、ずっと余裕なくて、いらいらしてるの」

「だから、なぜ――」

意図的に避けているのだからあたりまえのことを、なぜかアツミは再度指摘する。意味がわからず首をかしげれば、鈍いんだからと苦笑したアツミは煙草のさきをライターで炙《あぶ》りながら、さらりと言いきった。

「マネジャーのそれは、端的に言って欲求不満から来るフラストレーションかと」

「んな……っ!?」

あまりの言葉に硬直した瀬戸へ「あらおぼこい反応」と茶化したアツミは、なおも言う。

「あのですね、根本的な話です。つきあってる相手とのスキンシップは大事ですよ？」

「い、いや、だからって、それ……それが、どうにも苦手だからって、俺は」

まじめに聞きなさいと告げたアツミの発言にうろたえ、瀬戸は言わなくてもいい本音を暴露してしまった。しかしそのウブな表情をさらした男に、容赦のないアツミはたたみかける。

「ふむ。うんざりして苦手になるほど、しつこくやったんですか？　意外ですね、マネジャ――」

「そんっ……ま、まだ二回程度でっ」

たしかにけっこう濃かったが、回数としては笑うほど少ないことまでうっかり口を滑らせて、慌てて口を塞《ふさ》いでももう遅い。

「あらま。それじゃいいも悪いもない段階ですね。だめですよ、そのへんの相性ちゃんと見極めないと。大事なことですから」

「そ……っ」

しれっとした顔で告げたアツミに、瀬戸はもう本当に勘弁してくれとうなだれた。

「ちゃんと、大人らしく、やることやってすっきりしてくださいよ」

がっくりとテーブルに突っ伏した瀬戸になおも追い打ちをかけて、からからとアツミは笑う。

だがその一連のからかいを向けられても、昨日までのあのいやな焦燥はない。

まるで、はじめての恋に溺れる自分を言い当てられたかのようで、ただ、闇雲に恥ずかしいだけだった。

＊　＊　＊

アツミは瀬戸に食事をさせたのち、ついていようかと申し出たけれど、もう平気だからと下がってもらった。自分のせいで早あがりをさせることになったが、通常の勤務時間と同じだけの給与をちゃんと出すと言えば「それはどうも」とあっさり彼女は受け入れた。

自室に戻った瀬戸はそのままうとうとと眠った。昏倒するほどに疲労していた身体は、食事を胃に入れたことで血の巡りがよくなったけれど、そのせいで少しばかり熱っぽさを感じていた。

頭もまだ少しばかりもうろうとしていた。眠気を催し、横になってから数分も経たないうちに深い眠りへとついた瀬戸が目が覚めたのは、ひんやりとした感触を顔に感じたからだ。

「……ん？」

「あ、悪い。起きたか」

ふっと目を開けると、濡れタオルを手にした茅野が小さな声をかけてくる。ベッドライトのみの室内は薄暗く、まだいささか眩《くら》む目ではうまく焦点があわなかったが、それでも彼がやわらかい表情を浮かべているのは見て取れた。

「寝てていいから。ただ、汗すごいんで、ちょっと拭《ふ》くから」

「いや、自分で」

「いいから、じっとしてな」

顔を拭くからと粘った汗の浮いた頬にタオルを当てられる。自分でやると言ったけれど茅野は譲らないまま、べたついた肌をやさしく清めるように拭き取った。

しっとりとした髪を梳《す》きながら、茅野はそろそろとタオルを頬に押し当てる。頬に触れる清潔な感触の心地よさに目を閉じた瀬戸は、無言で顔を拭く茅野に、かすれた声で告げた。

「いろいろ、悪かった」

「気にするな。ミスはある。イトウさんもＫＳさんも手違いだってことで許してくれた」

なにも問題はない、と言って汗ばんだ顔を拭う茅野は、瀬戸の放った暴言についてなにも追及する気はないようだった。

「それだけじゃ、ないだろ」

そっと目を開けると、茅野は静かにこちらを見つめているだけだ。その表情にはなんの憤りも悲哀もなく、だからよけい、自分がいやになる。

「俺、おまえに……いやなことを、言っただろう」

「あんなの本気じゃねんだろ？　いいよ、気にしてない」

その声のやさしさが、胸に痛かった。自分でも消え入りたいほどの情けないさまを前に、どうしてそんなふうに微笑んでいられるのかと、瀬戸はぼんやり思う。

「でも、あれは」

「おまえ、テンパってたし。そんなときに言っちゃったことなんか、勢いだけだろ」

許してくれとも言えないと思いつつ、八つ当たりを自覚したいま、不器用に詫びようとした瀬戸の言葉を塞ぐように茅野はこう言った。

「俺が頼りないから、そんなにがんばっちゃうんだろうってのは、わかってんだ」

だからごめんな。そう呟いて茅野はそっと、汗の浮いた額に貼《は》りつく髪を長い指で払う。

肌をかすめた感触に瀬戸が小さく身震いすると、彼はなだめるようにそっと布団を叩いてみせた。

「ただまあ、ほらさ。俺じゃなくてもほんと、アツミちゃんとか野田くんとかさ。あの辺は有能なわけじゃん？　そういう連中にもう少し、任せるもん任せてみろよ」

「……ああ」

繰り返し言われてきたそれは、いま耳にすれば素直に聞くことができた。どうしてこの男の言葉にあんなにカリカリしていたのか、いまの瀬戸にはまるでわからない。

横たわってもくらくらする状態で、タオルを押し当てられるたびに頼りなく揺れる頭を茅野の大きな手が支えている。その包みこむような感触に、なんだか不意に泣きそうな気分になった。

（茅野の、手）

たまに頬に触れると、奇妙に引っかかる気がする。製作に入ってばかりの彼の手には小さな疵《きず》や火傷《やけど》の痕《あと》がずいぶんと増えていて、ざらざらと荒れて痛かった。

けれどそれが、心地いい。離してほしくないと、痛切に思う。

「ま、いいや。ともかく、少しゆっくりしろよ。明日も、きつけりゃ休め」

「ああ」

前髪の下りた額を拭う際、さらりとした手のひらに髪をかきあげられるのが心地よかった。ほっと息をついて目を閉じ、首筋や耳の後ろまでを拭く茅野の手に、いつまでも重い頭を預けていたくなる。

「あと、身体とかは自分で、……瀬戸？」

離れようとした手を摑んだのは、もう疲れ果てて張る意地もなくなった末のことだっただろうか。大きな手を取り、頰をすり寄せると、うっとりするほど気持ちいいことに気づいた。たったいま湿ったタオルで拭き取られた肌はさらさらと心地よく、それを施した男の手のざらつきを強く感じながら、瀬戸は細い首をかしげて手のひらに顔を預けた。

「せ、瀬戸？」

「ん……」

すりすりと手のひらに頰をこすりつけていると、茅野がうわずった声を出す。ぼんやりしたままその顔を見あげると、茅野はどうしていいのかわからないというような、ひどく驚いた顔をして硬直している。その顔を見ていたら、なんだか妙におかしくなって、彼の手を離さないまま瀬戸はくすりと笑ってしまった。

「なんだ、その顔は」

「なんだって言われても……そっちこそなんだよ、その……」

どういう態度の変化だと、茅野が混乱をあらわに顔を覗きこんでくる。情けなく歪んだそれに、いったい自分はこの男のなにがあんなに怖くて、不愉快だったのか、まったくわからないなと瀬戸は思う。

「茅野、ちょっといいか」

「あ、え？」

両腕を伸ばし、中腰で固まっている男にそっと抱きついてみた。体格差のせいか、身体を預けるとやはり安堵《あんど》感のほうが強くて、広い胸に顔を埋めたまま熱っぽい息をつく。

たしかにスキンシップは大事かもしれない。アツミの言葉を思い出しながら瀬戸がぴったりと身を寄せていると、頭上からはまだ困惑を滲ませる声が聞こえた。

「どうした？　なんか、きついか？　痛いところでも？」

「べつにきつくないし、どこも痛くない」

そっと窺《うかが》うようなそれに、この瞬間まったく苛立ちは感じられなかった。

ただ――この男は自分がずいぶんと大事なんだろうなと、それだけを思った。

わめいて倒れて、どこか一本ねじが飛んでしまったのかもしれない。それならそれでいいか、と居直りさえ覚えつつ、瀬戸は小さな声で呟くように言う。

「抱いててほしいだけだ」

「せっ……」

「なんだ、いやか」

「やっ、い、いやじゃない！」

甘えた声を出す自分がずいぶんと恥ずかしかったけれど、もういいか、と思う。さらにすり寄ってみせた瀬戸を、焦ったようにかき抱く腕の強さに覚えるのは、ただ安堵ばかりだ。

「俺がいらいらしてるのは、こういうのが足りないからだとアツミちゃんに言われた」

「こういうの、って？」

言葉では答えず、『これだ』と首に回した腕をさらに強める。半端な体勢だった茅野は引き寄せる細い腕に負けたようにベッドに腰掛け、さらにしっかりと抱きしめてきた。

「いや、だったんじゃねえの？　こんなん」

包みこむような広い胸や長い腕に、やはり体格は負けているなと感じた。こうしていると、本当に自分が小さくなった気がして、それが怖かったのだと思う。

「そうだな。いやだったかな」

おずおずと問われた言葉を肯定すると、茅野の身体がぎくりと強ばる。だがそれでも離れようとしない瀬戸を訝《いぶか》って、そろりと覗きこんでくる目に、少し笑った。

茅野もなにかを怖がるような顔をしている。それを知ったら、瀬戸にはなにも、怯《おび》えることはなかった。

「抱かれるのは、おまえに女扱いされているようでいやなんだと言ったら、アツミちゃんに、女をばかにしているのかと怒られて」

「っ俺は、そんなつもりは――」

ぽつぽつと言葉を綴る瀬戸に、はっとしたように茅野は顔をあげた。それに対して、ゆるくかぶりを振った瀬戸は、このところの気鬱《きうつ》を振り払った目で彼を見つめる。

「ああ、わかってる。ほんとは、わかってたんだ。それで……それだけじゃ、ないんだ」

「それだけって？」

アツミにこぼした言葉のなかで、言いきれなかったいくつかの事柄がある。それは彼女により、茅野にこそ言うべきことだろうと思ったからだ。

「ほんとの、最初のときに、おまえ忘れただろう？　あのとき、俺が言ったことも、おまえが言ったこともぜんぶ」

「それ、は」

蒸し返すようで女々しいけれど、実際女々しいからしょうがない。許してくれよと苦笑して、瀬戸は目を細める。

「また忘れられるのが、たぶん、怖かった」

かすれた声に、茅野は打たれたような顔をして唇を歪めた。咎めているのではないとかぶりを振って、広い胸に顔を埋める。頬が熱くて、あまりまっすぐに見るのは限界があった。

「それに、おまえ、いろいろ俺に、気を遣っただろう。あれが、なにか間違ったと思ってていてそれで、罪悪感でもあるのかとか、考えた」

「そんなんじゃ、ねえよ」

傷ついたような声で、茅野は抱く腕をきつくしてくる。その強さがまるで、逃げないでくれとすがるようにも思えて、瀬戸はゆるやかに背中を撫でた。

「女扱いなんか、した覚えない。まして見下したり、してないし。ただ俺は、瀬戸に叱られてばっかだし。少しは惚れてもらわないとって思って、それで精一杯だっただけで」

「……うん」

「でもそうすりゃそうしただけ、おまえどんどん、顔が強ばるし。正直、機嫌取るにもどうしていいのか、わかんなかった」

「そうか」

追いつめるつもりなんかなかったと呟いて、肩に顔を埋めてくる。茅野は茅野で、いろいろと思い悩んでいたことが知れる言葉に、瀬戸はかすかに笑った。

「仕事仕事ってなってるから、だったら少しはちゃんとしなきゃと思った。なのに、どんどんおまえ、痩せるし」

こうして触れることも怖かったと、茅野はしがみつくようにしながら呟く。

「正直、迫ったりしても、怖い部分もあった。おまえ、あんまりつれないから。俺とのことマジでやなのかなと思うとへこむけど、俺から、そんなの訊けないし」

しょげたような声に、小学生のころ、泣き笑うような顔をした茅野を思い出した。

明るくしてみせて、そのくせナイーブな部分もあるのはわかっていたはずなのに、まるで見落としていた自分がばかみたいだと思う。

だが、それに関しては茅野も悪いのだ。

「ひとの一世一代の告白を、忘れるからだ」

「瀬戸……？」

「俺はちゃんと言った。というかあの夜、……おまえに言わされた」

その言葉にはっと顔をあげた茅野は「なにを」と急いた様子で問いかけてくる。知るかとそっぽを向きそうになって、だがその目に宿る期待と不安に、結局瀬戸は負けた。

そうして甘やかすから、この男は成長しないのだろうかと思うけれども。

——惚れたほうが負けって、言うじゃないか。

——あら、負けてるんですか？

あの瞬間のアツミの揶揄に少しばかり思うところもあったので、観念して口を開く。

たぶんずっと、瀬戸のほうが負けている。それで結局、なにが悪い。

「ずっと好きだったって、何度も、言った」

「瀬戸」

「だから、なんでおまえなんだって言われて、かなり、傷ついた」

大概しつこいと思いながらも蒸し返すと、なんとも複雑な顔になった茅野がぎゅうぎゅうと腕を強くしてくる。

「ごめん、マジでごめんなさい、ほんっとにごめん！　愛してます、許して！」

根に持つ性格だと怒っていい場面なのに、諸手をあげてすがられてしまえば怒れない。だがそれでも呆れたふうなポーズを取ってしまうのが自分というもので。

「プライドないのか？　おまえは」

「ない！　愛の前にそんなもんないっ」

そっけなく言ってみせると、ぶんぶんとかぶりを振って茅野は言いきった。そのさまにどうしようもなく笑えてしまって、情けなく歪んだ男前の顔を両手に包み、瀬戸はそっとキスをする。

「瀬戸……！」

「なんだ、その顔は」

触れて離れるだけのそれに、感極まったような顔をされるとさすがに引いた。目まで潤ませた茅野の表情を直視できず、ほのかに赤らんだ顔を逸らすとまたぎゅうっと抱きしめられる。

「いや、だって瀬戸からちゅー！」

「三十路《みそじ》がちゅーとか言うな！」

結局こいつはただのアホかと思いつつ、しがみつく腕から逃げる気にもならない自分はもっとアホだと瀬戸は思う。そしてこのところ、自分の手を離れてひとり、大人になってしまったような茅野に対しての不安も、あっさりと霧散していった。

（おまえなんか、それでいいんだ）

ばか面《づら》さらして、好きだ好きだと言い続けてればいいんだと、身勝手な本音を胸の裡に呟きつつ、追ってくる唇を拒まない。

「んん……」

音を立てて啄《ついば》む唇に、じんと首筋が痺《しび》れていく。息をつくために開いた唇には、急いたように舌が入りこんできて、がっつくなよとおかしくなりながらも動かしたのは瀬戸がさきだ。ひとしきりお互いの口腔を愛撫しあって、かすかに息をあげたまま唇を離す。すると名残《なごり》惜しげにした茅野が、言いにくそうにもぞもぞと身じろいだ。

「その……えーと」

「なんだ」

「この状況が、ほぼ半年ぶりなわけで、俺いろいろやばいんだけど」

「回りくどい。はっきり言え」

気まずそうにしながら口ごもる茅野の言わんとするところなどもうわかっていて、あえて問いかけた瀬戸の背中を、未練がましい手のひらが這《は》った。

「あー、してもいい？」

「おまえな。さっきみたいに、ばりっと言えないのか？」

「いや、だって」

ぐずぐずと唸ったあげくのそれが、あまりに情けなくてため息が出た。どうしてこういう

ときに、ふだんのように甘ったるく口説けないのかと呆れつつ、お伺いを立てる茅野に許容の口づけを振る舞ってやる。

「真剣な顔のおまえは、わりとかっこいいぞ」

「え？　ほ、ほんと？」

「その分、いまは情けないにもほどがあるけどな」

喜色を浮かべたとたんにたたき落としつつも、押し倒してくる力には抗わなかった。不服そうに唇を尖らせている男から、意趣返しのように長く執拗な口づけをされつつ、こっそりと瀬戸は考える。

結局この、情けなくも頼りない顔を見せる茅野のことが、おそらく自分はいちばんかわいいのだ。だから、変わらなくても一向に、かまわないのだろう。

――自覚的にだめにしてたってことですか。

あらあら、と笑ったアツミのにんまりした表情が脳裏をよぎって、それがどうしたと開き直りながら、首筋を撫でる腕を瀬戸は許した。

どうせこのあとだめにされるのは、自分のほうだと知っていたから。

＊　＊　＊

とりあえず風呂に入らせろとそれだけは強行に言い張れば「もったいない、瀬戸の匂《にお》いが飛んじゃうじゃないか」と本気で言った男の頭に一発くれてから瀬戸はシャワーを使った。自分から了承した手前、逃げるつもりもないと覚悟を決めて寝室に戻れば、茅野の長い腕にすぐさま捕らわれる。

これからすることを考えれば、寝間着など着ていたところで意味はない。それでもかっちり着こんで憮然《ぶぜん》としたままシーツに横たわる瀬戸に、茅野は飽きもせず口づけを繰り返した。

「ふ……」

肉厚のやわらかい唇の周囲に、まばらな髭が当たって痛い。ざらりとしたそれに顔をしかめつつ、なにかを探るように脇腹を撫でられて、愛撫とは違う感触に瀬戸は眉をひそめた。

「なんだ？」

「やっぱ痩せたなと思って。平気か？」

横になると肋骨の感触が浮きあがっているのがわかるらしく、心配そうに問う茅野はそろそろとあらわになった肌を撫でる。寝間着をはだけて現れた瀬戸の身体はやはり自分で見てもかなり肉が落ちていて、いささか貧相にも思えた。

痛ましそうな目をする茅野の視界から隠すようにきつく抱きついたのは、これ以上そんな顔をさせたくないのと、やはり自分でも見苦しいように思えたからだ。

気遣われるのはやはり慣れず、あえて挑発するような笑みを浮かべて瀬戸は言いきった。

「なんだ。痩せたやつはその気にならないか」

「ならなくなさそうだから困ってんだろが。あんまり煽《あお》らないでくれよ」

泣き言を漏らし、茅野の器用な手が残りの衣服をはぎ取っていく。

「やばいんだってマジで。瀬戸、やつれてよけい色っぽいっつうか」

「目が腐ってるのか、おまえは」

茶化しつつ、手つきにも繰り返す口づけにも、言葉以上の熱意は感じられるから、瀬戸はほっと息をつく。呼吸にあわせて上下した胸のうえ、ぷつりと小さな赤みに硬化した指の腹が触れて、そろりと撫でられると肌が粟立《あわだ》った。

過敏な反応に、茅野が笑った。それでもひと睨みだけで抗議は口にせず、瀬戸も乗りあがった男のシャツに手をかける。

肌をさらして重なりあうと、ずしりとした男の重みが感じられた。茅野の長い脚の間にあるものがすでに高ぶっていることに気づくと、本当に急いているとおかしくなるものの、悪い気分ではない。

「……瀬戸」

無意識の笑みに、茅野はなにか胸にこみあげたものを無理に呑みくだしたような、そんなつらそうな声を発した。ひそめたそれを耳元に吹きこまれ、震えた背中が浮きあがる。大きな手のひらはそのゆるやかなアーチを辿《たど》り、小さな尻の肉を鷲摑《わしづか》んだかと思えば、あわさった腰を揺らしはじめた。

「は、ふ……」

茅野と寝るまで知ることもなかった、性器をこすりあわされる直截《ちょくせつ》な刺激に息があがる。意識が乱れて、ふだんの数倍に跳ねあがった鼓動が耳の裏をじりじりと痺れさせている。

そうして瀬戸の感覚を高める合間にも、茅野は舌を絡める口づけをし、濡れた唇をほどいてそのまま、細い首から徐々にキスを落としていく。

敏感な耳のくぼみに指を入れられながら、肩を噛まれた。身じろいでひねった腰がさらに茅野の身体へと押しつけられ、瀬戸も徐々に揺れる身体をこらえきれなくなる。

「あっ！」

胸のうえを、不意打ちに噛まれた。そのあとねっとりと広げた舌で舐めあげられ、吸いつかれてまた噛まれる。触れる感触はもうだいぶ見知ったものだったけれど、それにざらざらとした髭が追い打ちをかけるからたまらない。

「い……痛い、茅野……っ」

左胸のうえをしつこくされて、瀬戸は自分でも呆れるような甘ったれた声を発した。泣きたくもないのに目の前がじんわり曇って、それを必死に押さえつけるように二の腕で覆えば、なぜか茅野は含み笑った声で問う。

「ここ？　こうしても痛い？」

「ひ、い、痛い……っいやだ、痛いっ」

きゅう、と指先で摘《つま》みあげられた瞬間、びくりと腰が浮きそうになる。こらえればそれは膝の震えに繋がって、どうしてこう自分の身体なのに制御がままならないのだと呪《のろ》わしい。

「瀬戸の痛いの、全部俺が吸ってあげる」

「いやだ、いらない……」

するなと言って長い髪を摑んだ。少しも気にした様子はなく、茅野はまた笑って肉厚の唇を寄せる。吸うと言ったくせに最初はさんざん、濡れたなまあたたかいものでそこを撫で、溶けそうになると感じるほどに小さな突起は硬くなった。

「はあっ……ああ……っ」

こんな声が出るのがいやだった。冷静でいられないのがいやだった。それらをすべて茅野に知られるのがいやでいやでしかたなかった。

それなのにいま、抗う所作のなにひとつを見せないまま、諾々と愛撫に溺れる自分がいる。

「も……っ」

「もっと？　瀬戸」

もうやめろと言うつもりだったのに、先回りして意地悪な問いをされ、結局うなずいた。

それも何度も、子どものような仕種で繰り返し、瀬戸の細い腕はくせのある髪を抱きしめる。

「あう、ん……っ」

執拗に胸を吸われながら内腿《うちもも》を撫でられた。茅野の指は、ささくれていて痛い。その分だけ自分の内側の皮膚がやわらかく湿っていることに気づかされ、意味もなく恥ずかしい。

「もっと脚開いて」

いやだと言いながら、勝手に開く脚。こんな恥ずかしい格好をさせる茅野にも、そして少しも意のままにならない自分の身体にも、腹が立つのに止まらない。腿のつけ根のくぼみをくすぐるようにされると、どこから出るんだというような高い声が喉から迸《ほとばし》った。

「あ、あ……っ、ああっ」

肩の丸みをそっと噛まれて、どうしてか腰の後ろがじりじりとする。直接の性器とは関係ない場所から徐々に触れられて、内側へと収束していく官能に焦れた。

（ちがう、もっと、そこじゃない、はやく）

ひとつひとつにはたいした意味のない言葉、だがこの場で続けて口にすれば卑猥《ひわい》きわまりないそれらだけで脳の奥が埋まっていく。頭をクリアにしなければと、酸素が足りなくて必死にあえいで、それでも鈍麻《どんま》した思考がもとに戻らない。

「茅野、茅野……」

くせのある髪をくしゃくしゃに指でかき回しながら、うわずった声で名前を呼ぶ。じんじんと火照《ほて》っては硬くなるあの場所が、もう待ちきれないというくらいに張りつめて苦しい。

「痛い、茅野っ」

「もう噛んでねえよ？」

「そこ、じゃ、ないっ……！」

わかっているくせにとぼけるなと肩をはたくと、喉奥《のど》で笑った男の手がようやく性器に絡みついた。ぬるっと滑った感触に、もう濡れているのかと思えば恥ずかしくなる。

「おまえ、手が、荒れてるから」

「ああ、引っかかって痛いってこと？」

ざらざらする感触によけい煽られて、ぽつりと漏らした瀬戸の言葉を、だが茅野は違う意味に取ったようだ。ごめん、と頬に口づけたあと長い腕を伸ばし、その間も瀬戸の気が散らないように濃厚な舌で口腔を弄《もてあそ》ぶ。

「んむ……ふ、ひやっ……⁉」

「あ、悪い。でもこれで痛くなくなるだろ」

口蓋《こうがい》を執拗に舐められ、すでに意識がもうろうとしていた瀬戸は、突然下肢に冷たい感触を覚えて竦みあがった。はっとして男の胸を押し返してみると、なにやら粘性のローションらしきものが自分の脚の間に垂らされている。

「なん、なにっ……なんで」

「んん、多分これで、俺の手もふやけるから、あとあんまり痛くないと思うんだよな」

ほら、とぬるぬるにされたそこを摑まれて、瀬戸は声もなく仰《の》け反《ぞ》った。ふだんより数倍派手な水音と、ねっとりした刺激に耐えかね、きつく扱《しご》きあげられるそれはひと息に膨れあがる。

「っあ、あぅ……っ、や、やめ、やめ、それっ」

「ああ、これ、よさそう？」

あげく、どれどれといやらしげに笑った男は自分のそれさえ重ねあわせ、大きな手のなかで一緒くたに揉みたててくる。卑猥としか言いようのない愛撫とその強烈な感触に、瀬戸は息も絶え絶えになって身悶《みもだ》えた。

「ひあっ、あ！　い、いやだ、そんなのっ」

「すっげ。ぬるぬるのぐちゃぐちゃ」

「言うな、言うなっばか！」

嚙みついたさき、茅野が笑っているのもどうにかしてほしい。そんな欲情しきった険しい目で、瀬戸の身体のすべてを強く見つめながら、奥を暴くときのように腰を揺らされて目眩がする。

「……っ、ひ、あ……も、も、うっ」

脚を大きく開かされ、さらに密着させられた身体の間にあるものへ、瀬戸の手も触れるように言われた。しばらくいやだと言ったものの、手が足りないと告げられて結局抗えず、ぬらぬらと絡む性器を両手で握らされてしまう。

ぐっと角度を深くされると、尻の狭間までぬるまったローションが流れていった。掻痒感《そうよう》と不快感を同時に覚えた瀬戸が身震いしていれば、茅野の長く太い指がその流れを追うように小さな尻を割り開いていく。

「久々だから……ゆっくりに、するから」

「ふあっ、あ、あう！」

いきなり指を突き立てることはしないまま、肉のあわいを指でゆるゆると撫でられた。けっしてそのためにできていないはずなのに、茅野の指は瀬戸の身体のくぼみにぴたりと吸いつくように当てはまる。そのまましばし指先で遊ぶようにされると、くすぐったさはやがて餓《う》えたような苦しさに変わっていく。

「思い出して、ここ、ゆるめて、な？　こっちも、こすってて」

「う……っ」

ここまで来てしまえばいつも、もう自分でもわけがわからなくなっていて、ただ茅野の言うことに従うほかにできない。囁かれるそれに、瀬戸はただがくがくとうなずきながら重ねあわせた性器を必死にこすり、下肢の力を抜くように努めた。

（ああ、あ、……指、が）

滴《したた》るほどの粘液を纏《まと》ったそれが、瀬戸の小さな入り口をゆっくりと押し揉んだ。ひどく大きく感じるのは、これは親指の腹だろうか。窄《すぼ》まった部分を無理に拡げるのではなく、ゆるゆるとなじませて、呼吸にあわせほんの少し開いたスキに少しずつ奥ににじり寄ってくる。

（なんか、ちくちくする……ああ、これが、すごく）

たっぷりと濡らしても、茅野の指はやはり硬くささくれていて、ほんの少しだけ尖った感触がふだんよりなお敏感な粘膜をくすぐるのがたまらない。そうしてしばし耐えていたけれども、円を描くかのようにくりくりと押しつけられた瞬間、瀬戸は腰を浮きあがらせて声を発した。

「はああっ、あん……！」

「っ……お、おい、瀬戸？」

まだ探りを入れていた段階なのにと、過敏な反応を見せた瀬戸に茅野はずいぶん驚いていたけれど、もう暴走した身体が止まらない。

「もっ……はや、はやく……」

「わ、開いた」

びくり、と前後に揺れた瞬間、身体のなかに空間ができたのを知った。ぎゅうっと絞るように窄まり、そのくせにすぐにほころんで、まるで茅野の指をしゃぶるような動きをしてしまう。

「あ、あ、……いや、だっ」

どうしてそんなことになってしまうのかわからず、目を瞠ったまま震える瀬戸を無言のまま抱きしめ、茅野は粘膜の奥へ指を滑らせた。ひとつ、ふたつと続けざまに潜りこんだそれが、体内の奥深くでなにかをたしかめるようにじりじり動く。

「なに、すっげ……とろとろ」

「言うな……っ！」

あまりに簡単に呑みこんだことも、指摘された言葉もショックで瀬戸がかぶりを振ると、笑いのない顔でじっとこちらを見下ろしている茅野がいる。

視線が絡んで、言葉がなくなった。そのまま引きあうように唇を重ね、貪《むさぼ》るように舌を吸われながら、体内の指を意地悪くうねうねと動かされ続けた。

（だめだ、そんなにするな……そんなにしたら……っ）

なかからなにか溢れそうで怖くて、ん、ん、と塞がれた唇の隙間から呻きながら、瀬戸は広い背中にすがり、指を立てる。ぐちゅ、ぐちゅ、と幾度も幾度も音がして、脳までかき回されているようで、もうなにがなんだかわからない。

「……んあ！」

「わり、限界」

長く執拗な口づけが終わるのと、瀬戸のなかから指が抜き取られるのは同時だった。そうして膝を立て、大きく開かされた脚の間にぐっとなにかが押し当てられた。

「見……るなっ」

すぐには挿入されず、膝が胸まで突くほどに折り曲げられる。ひくついたそこのくぼみにぴたりとはまった茅野の先端も濡れていて、震えあがる粘膜同士の感触だけで意識が飛びそうだというのに、そのさまを舐めまわすような目で茅野がじっと見ている。

「指でいきそうになった。瀬戸んなか、すげえ」

だったら早くしてくれともがくと、指を絡めるように手をつながれた。軽く押し当てて離れ、粘ついた音を立てるそのいやらしさに脳まで煮えあがる。

「も、やだ……茅野っ」

「いやだって言うなよ、へこむから。萎《な》えちゃうだろ？」

そんなことを言いながらも、萎えるどころかますます猛々《たけだけ》しく感じるものが、瀬戸の身体の入り口をゆるゆると穿《うが》つ。

「痛いのいやだろう、瀬戸？　な、ゆっくり……ほら」

「あ、あう」

「こうやって、ゆっくりするから……」

そろりと上体を倒してきた茅野のそれが、ふっくらと濡れた場所を押し拡げる。けれど奥まで進んでくることはなく、そのまま静かに引いて、また押し戻す。

なじませるためだとわかっていても、敏感になった箇所へのそれは、まるでいたぶるようで、たまらない。瀬戸はもう、淫らとしか言いようのない声が、止まらない。

「あっ、あっ、あっ……はあ、あっ……」

　いやだ。そんなに、入れたり出したりしないでくれ。そこばっかり、いやらしくしつこく、こすらないでくれ——。

「だ、だ、め……茅野、茅野、早くしろ……っ」

「っても、まだ無理だろう」

　さっさと入れてしまえと腰を摑むと、茅野は眉を寄せる。咎めるように視線をきつくされて、そうじゃないとかぶりを振った瀬戸は、切れ切れの息の下から言葉を紡いだ。

「だめだ、それ……、それ、……んじるから」

「え？　なに？」

「そこっ……そこだけ、何度もされるとっ……か、んじて、……あ、ああ！」

　びくりと腰が跳ねて、瀬戸はとっさに両腕で顔を覆う。茅野が息を呑む音が聞こえ、いたたまれなくなりながらも、何度も蕩かされ熟れた身体がもう、止まらない。

　腰が浮いて、自分でも制御できなくなった粘膜が蠢動《しゅんどう》する。息があがり、溢れそうになる嬌声はいくら奥歯を嚙んでももう止めどなく、すがるものを求めた両手が茅野の背中に回された。

　身体が開く。開く。一生知らなくてもいいはずだったその餓えて寂しい空間を思い知りたくなくて、早くもっと埋めてくれと粘膜がうねりはじめる。

——端的に言って欲求不満から来るフラストレーションかと。

アツミのからかいももっともだった。触れられてようやく思い知った。こんなに餓えて、こんなに欲しがっていて、それが半年近くももらえなければ、いらいらしてあたりまえなのだ。

「う、わ……吸いこまれ、る」

「言う、な……！　っあ、ああ……いやだ、こん……こんな、こんなに」

いやらしく動いてしまう身体が、感じてしまうことがおそろしい。濡れた音を立てながらずるりと入りこんだ茅野自身が、脳までいっぱいに詰めこまれたような恐怖と快楽を同時に瀬戸に埋め込んでいく。

「こんなに……なに？」

身体と心と頭がばらばらで、なにひとつ制御できない。ただただ、本能のままに反射で動く指先が茅野を求めて肌にしがみつく。囁きかける卑猥な問いに、だからもうごまかすこともできず。

「おお、きい……っ、すご、い……」

「う……っ」

ため息のような、啜り泣きの混じった声を漏らしたとたん、もうこれ以上無理だというのに茅野の性器がまた膨れあがった。ぶわっと体内を拡げられる感覚に悲鳴じみた声をあげ、瀬戸は意味もなくかぶりを振る。

「ひっ……いや、いやだ、大きく、するなっ……ひ、ひろが、……っ」

「せ……瀬戸さん、そう思うならそのエロい顔でエロいこと言うの、勘弁して……」

ひきつった笑みを漏らす茅野に、誰がエロだと言いたくなった。汗に濡れた顔で卑猥に笑うのはそっちだろうと言いかけて、けれど結局口から出るのは甘ったるい声でしかない。

「うあっ、あ……っ、や、茅野……っ、だめ、そこ」

「ここ？」

「……っ！」

ぐっと突きあげられて、声も出なかった。ただ爪先《つまさき》までじいんと走った痺れに震えあがり、痙攣《けいれん》する腿で茅野の身体を挟みつけた瀬戸は、ぬるりとした感触を覚えて濡れた目を瞬かせる。

「あれ？　いっちゃった？」

「ば……っ、も、だ、だから……っ」

茅野の引き締まった腹筋を汚したそれを、にやにやと笑いながら拭い取られて顔が熱い。二つ折りにされたような体勢のおかげばかりでなく、急激に追いあげられた身体が息苦しくて、瀬戸は胸をあえがせながらひくりと息を呑んだ。

「ちょっと休憩する？」

「でも、おまえ、まだ……」

「ん、でもきついっしょ」

体内にはまだ張りつめきった茅野の性器があって、ずいぶんつらい状態であるのもすぐにわかるのに、湿った髪を撫でる男はそんなことを言って動きを止める。だから、べつにいいと告げて背中にしがみつき、瀬戸は肩口に軽く噛みついてやった。

「う……っ、っと、瀬戸、それ、やばいって」

「うる、さいっ」

ついでにそこをきゅうっと締めつけてやると、びくりと茅野の腰が跳ねる。反動でこちらも感じそうになりながら、瀬戸は忙しない息の下から言葉を絞り出した。

「で、出ちゃったんだから、しょうがないだろうっ」

「でちゃ、……って、ちょっと、だからあんま煽るなっつのっ」

やばいやばいと呻きつつ苦笑する男に、まだ言えというのかと脳内まで真っ赤に染めつつ、瀬戸はしがみつく。

「だ、から……いっ……いって、ないっ」

「え……？」

「反射で、なんか出た、だけ、で……まだ、まだ……っ」

足りない、と腰を揺り動かすと、茅野の笑いが消える。その一瞬あとには噛みつくように口づけられて、もう遠慮もなにもないとばかりに激しく揺さぶられた。

「……マジ勘弁して、瀬戸。かわいすぎ」

「あ、んん！　なに、急にっ……」

「悪い、一回じゃ終わんねえよ。俺、ぜったいそのうち、おまえぶっ壊すか、やり殺す」

「なに、なにを言ってんだ、おまえっ……あ、あ、あ！」

文句なのか睦言《むつごと》なのかわからないことを呟く茅野が、ぐいと腰を送りこむ。そして執拗に挿入され奥まで穿たれ、撹拌《かくはん》するみたいになかをぐちゃぐちゃにされた。

「いやだ、やだ、ふ、太い……っ！　おかしく、な、る……！」

「……あーっ、もう！」

あまりの激しさが怖くて、もうやめてくれと訴えたのに、茅野はさらに唸るばかりだ。

「なんでさあ、そうやって俺の理性ぶっちぎるわけ。なんで、ちゃんとやさしくさしてくんねえの？　なあ、なあってっ」

「あっ、あう、あっ、茅野……っ」

今度はもう、ちょっと待ってくれと言ったところで聞いてはもらえず、怒ったような顔の男の施す強烈な抽挿《ちゅうそう》に、瀬戸はただ身悶えながら嬌声をあげるしかできなくなる。

よすぎて、身体が破裂しそうだった。やはりどこか怖いとも思って、それでも。

「んああ、ん！　い、いっ、ああ、いいっ」

ねだるように、甘えるようにして抱いてくる男の背中を離す気には、少しもなれなかった。

「いい？　瀬戸、これスキ？」

「す、すき……や、やだ、拡げる……なっ」

言っていることもよくわからず、同じ言葉を繰り返すまで許さないといじめられ、泣きすがって卑猥なこともいくつか言った。そのたび、茅野は嬉しそうに笑いながらさらに激しくしてくるから、ついつい瀬戸も許してしまって。

「瀬戸、いくよ。いちばん、奥で出す、から……っ」

「ひ、あ、あああ！　い、やだ、いく……っ」

アツミ言うところのセーブをやめた男の濃厚で強烈な愛情を、奥の奥まで注ぎ込まれ、息も絶え絶えになりつつも、嬉しがっている自分をごまかせなかった。

＊　＊　＊

昏睡《こんすい》事件から数日、セブンスヘブンの有能マネジャーはベッドから起きあがることができなかった。

もともと過労気味のところに、半年分まとめての愛情をどっぷりと叩きつけられた痩身《そうしん》は、当然ながら足腰立つ状態ではなくなっていたからだ。

「……ごめんなさい」

「鬱陶しいからそこでへこむな。というか自分の部屋で仕事でもしろ。店は休みにしても、製作はできるだろうが」

ベッドの脇でしょんぼりとうなだれた茅野はその間、かいがいしく――というより少々うざったいほどに面倒をみたがって、瀬戸にひたすら追い払われて、しかし抗ってその場を去らない。

「やーだって、俺の責任でもありますし」

「寝てれば治る、病気じゃないんだ」

「あ、なんか食う？　俺作ろうか？」

だからいらないと言っているだろうとすげなく告げても、浮き足だった男の耳には聞こえていない。落ちこみながら浮かれるという愉快な技を見せる茅野にはもうそれ以上なにを言う気にもなれず、瀬戸は枕に顔を埋めてため息をついた。

「ごめんな？　喋《しゃべ》るのきつけりゃ、寝てていいから」

そう思うならこの部屋から出て行ってくれと、返事もせずにきつく目を閉じて瀬戸は思う。

正直言えば、体調は最悪で、ひりつく喉からはかすれて嗄《しゃが》れた声しか出ない。いいだけされた身体の奥はまだ違和感が去らず、じくじくとした疼きを覚えてもいる。

だが、むっつりと顔をしかめて瀬戸が丸まっているのは、そんな理由ばかりではない。

（顔を見るのが気まずいんだと、なんでわからないんだ）

本音を言えば、気恥ずかしいのだ。ぐずぐずと脆くなった身体をあんなにまで明け渡し、最後のほうは泣きじゃくりながら爪を立てて「いく、いく」と啜り泣いた翌朝からこの男はこの調子で、いますぐ全部忘れてくれと言いたくなる。

だが忘れるなと言ったのも自分なわけで、そんな複雑な羞恥をとても口にする気にはなれずに押し黙った瀬戸へ、そろりとやわらかい声がかかった。

「瀬戸？　怒った？」

そのまま、横たわる瀬戸の頭を声と同じほどにやさしい手が撫でてくるから、これではいつまでもふて腐れている自分のほうがよほど子どものようだと思う。

「軽々しく、ごめんごめんと言うな。なにか悪いことでもしたのか」

だからそうして、冷たい声を出すしかない。これで謝られたら本当に叩き出してやろうと思ったが、茅野はしばし唸ったあとに、神妙な声で言った。

「あー、いえ、してません」

「だったら黙れ」

顔を見ないまま告げると、髪を撫でる手はそのままに彼はしばし口をつぐむ。

「あ、そうだ。あのさ、瀬戸。これ」

だがどうにも、かまいたくてしかたないのだろう。沈黙は五分も保《も》たず、聞いているほうが恥ずかしいほどの浮かれた声で茅野は話しかけてくる。

「なんだ、寝かせろ」

「いや、寝てていいからさ。こんだけ受けとって」

「だから、なにを……」

布団から出していた左手を取られた瀬戸が目を開けると、薬指に金属の感触。

「これ……?」

はっとして起きあがり左手を見ると、シンプルながら洒落《しゃれ》たデザインのリングがある。白っぽいそれながら、材質はあきらかにシルバーではなく。

「ホワイトゴールドか?」

「いんや、プラチナ1000」

現在のところ貴金属でもっとも強度が高く——それだけに高価な材質をあっさりと打ち明けられて、瀬戸は沈黙する。

「苦労したんだぞ、もうできあがってたのにおまえ、リングサイズ変わっちゃうし」

ぶつぶつとそれでも嬉しげに文句を言う茅野は、瀬戸が感激したとでも思っているのだろうか。

「せっかく瀬戸とのプライベートタイム作ろうと思って仕事に精出したのに、これのおかげで難航するし、外注の手配おまえだから、ばれないようにキャスト出すの大変だったしさあ」

「はは……そうか……」

得意そうに仕事の合間に作るのに苦労したなどと言ってくれる茅野の手にも同じデザインのものがあるとすぐに知れたから、瀬戸の目眩はもっとひどくなる。

「おまえは、これだから……っ」

「え、なに？」

地の底を這うようにして呻く瀬戸の心情も知らず、けろりと茅野は目を丸くする。その顔は、小学生のころにやんちゃをして、怒られる数秒前に浮かべていた表情となんら変わりなく。

「女扱いをするなってのは、こういうことだ、アホがっ！」

「ぶは！　え、ええっ？　ちが、そういうんじゃないって、瀬戸！」

思いきり枕を叩きつけられた瞬間、さらに茅野は惚《とぼ》けた顔をする。その顔めがけ、今度は手近にあった時計を摑んで投げつけると、それは悔しいことに避けられた。

「単に似合いそうなの思いついたから作っただけだってっ」

「だったらおまえのその左手にあるのはなんだ！　だいたいおまえ、さっきなんて言った!?」

聞き捨てならなかったのは、さきほどの発言についてもだ。目を吊りあげた瀬戸に、茅野はただ目を丸くする。

「え、さっきって……」

「俺との時間作りたくてなんだって!?」

仕事について、瀬戸に認められたくてがんばったと言っていたくせに、本音は色惚《ぼ》けた理由だったというのだろうか。問いかけると、ああ、と茅野はうなずいた。

「うん。だってやっぱ、いちゃいちゃする時間も欲しいじゃん。おまえ忙しいし暇ないし、じゃあ作ればいいかなと思って」

そのへん少しフォローしてよってアツミちゃんにも頼んだんだけど、まあ結果こんな感じになっちゃって。あっさりと言ってのけた茅野は、それについてなんら羞《は》じるところもありませんという顔をしているので、瀬戸のほうが疲れてしまう。

「死ね……っ」

真剣に、置いて行かれたらどうすればなどと、繊細に悩んでいた自分の時間がおそろしく間抜けなものに思えて、瀬戸の憤りは止まらない。

「なんでよ。おまえだって仕事するからっつって逃げてたろ。同じことじゃん」

あげくには、にやにやと笑った茅野にそれを指摘されてしまえば、もうぐうの音も出ないのだ。忌々《いまいま》しい、と瀬戸はぴったり指に吸いつくようなリングを睨んだ。

「痩せたのなんのと怒ってみせたのも、これのせいか」

「へ？」

「作り直し、いくらかかったんだ。リングのサイズ縮めるのは無理だから、キャストから吹き直しだろ」

心配したのではなくリングの作り直しが面倒だったからかと思えば、少しばかりでなく傷ついた。自分でも拗ねたような顔になるのが止められず、眉をひそめて睨んだ茅野は、しかし逆に心外だという顔をした。

「あ？　なにそれ。そりゃ、せっかくちょうどに作ったのパーになったの痛かったけど、俺そんなのより瀬戸が大事よ？」

「え……」

「ちょっと、まさかそんな基本のことまで、わかってねえとか言うなよなあ」

ひどく憤慨している茅野に、さすがに穿ちすぎだったかと瀬戸は冷や汗をかく。

「そんなにいやなら、はずしていいよ、それ」

「え、いや、いい」

むすりとしたまま手を摑まれそうになって、とっさに拳を握ってうしろに隠した。いやだいやだとごねたくせに、まるで子どものような反応をした自分を羞じて顔を赤らめれば、茅野はからかうでもなく、にっこりと笑う。

「まあ、目についたらうるさいから、ずっとはめとけなんて言わないけどさ」

「そういうのをやめろとっ……」

そのまま、そろりと手を取られて指先に口づけられて、恥ずかしいだろうと瀬戸は目を吊りあげる。だが、ベッド脇に跪《ひざまず》いて手を握る茅野は嬉しげに笑うばかりだ。

「愛してるよ、瀬戸」

「やめ……」

ゆるやかに抱きしめて、囁きかける声にいたたまれない。自分相手に告げられるにはあまりに甘い声音が、どうにもおかしいじゃないかと思うのに、振り払えないのはなぜなのか。

「耳朶《みみたぶ》まで真っ赤で、かわいいなー、もー」

「うるさい、うるさいうるさいっ」

なぜ羞恥でひとは死ねないのだろう、こんなにもいたたまれないのにと思いながら、結局瀬戸は広い胸から逃げられない。

怒鳴って殴りつけても茅野は悪びれず、からからと笑う。瀬戸を抱きしめ、嬉しそうに。

その笑顔は、昔見たあの陽気で曇りない子どもの顔に酷似して、細い指に光るリングを震わせたのだ。

蜜月にもほどがある！

物事にはなんでも、ついうっかり、ということがある。

たとえふだん、どれほど几帳面《きちょうめん》な人間であっても、なにかしらの失敗はするものだ。しかもそんなときに限って、いちばん見られたくない相手に露呈したりするのもこれまたセオリーと言えるだろう。

おまけに、大抵そういったことは、大仕事を終えてほっと一息、という頃合いにやってくる。油断しきったところで、不意打ちのように横っ面を張られるから、ひとはなかなか理性的な反応ができないのだ。

その日、瀬戸《せと》光流《みつる》が店のすべての伝票を片づけ、ショップの電気を落としながら最後のチェックをしていたとき、つかつかと降りてきた男の姿を見たときは、まだなんの心がまえもしてはいなかった。

「どうした、茅野《ちの》。さきにあがったんじゃなかったのか？」

声をかけるが、なにやらむずかしい顔をした相手は返事もしない。

夏のセールも終了し、やっと通常営業に戻った『セブンスヘブン』では、明日から月末にかけて三日間の夏休みを取ることになっていた。

この数ヶ月、夏のセールと、それからシーズンの新作アクセサリー製作に追われていた茅野和明《かずあき》は、ショップとバーの閉店時、疲労は隠しきれないものの、晴れ晴れとした顔を見せていたはずだ。苦手な書類仕事まで、自分で買って出るほどにはご機嫌でいたのに、いまはむっつりと肉厚の唇を結んでいる。

「……なんだ、なにかあったのか？」

こうまで機嫌が急降下する出来事が、なにかあったのか。怪訝《けげん》になった瀬戸が問いかけると、茅野はずいと拳を突き出し、そうしてゆっくり手のひらを開いてみせた。

「瀬戸、これ、なに」

「あっ」

茅野の長い指につままれている、白く光る金属の輪を見るなり、瀬戸はさあっと青ざめた。そしてはっと自分の左手を確認するが、そこにはさきほどまで伝票をいじっていたせいでついた、インクの汚れしかありはしない。

「ど、どこにあった」

「事務室の、デスクの引き出し。書類まとめてて、ステープラー借りようと思って開けたら、ティッシュにくるんで入れてあった」

地を這《は》うような茅野の声に、瀬戸は顔をひきつらせる。

この状況はいくらなんでもまずすぎた。言い訳をしようにも、もうなにも浮かばないまま真っ白になっていると、茅野は濃く凜々《りり》しい眉をぎゅっとひそめ、唇を噛《か》みしめる。

「あの、茅野、それは」

「……いいんだけど、ね。ずっとつけててくれなんて言わないって、俺も言ったわけだしさ」

深々とため息をついて、細いリングを宙に投げる。キャッチしたそれをきつく握りこんで、茅野は宣言した。

「その代わり。今日から三日の夏休み、覚悟しろよな」

ぎらりと光った目のあまりの強さに、瀬戸はなんの反論もできず、うなずくしかなかった。

＊　＊　＊

ことの起こりは、ゴールデンウイーク明けの口論だった。

昨年の秋、間違いのように寝てしまってから、遅々として関係は発展せず、すったもんだすったもんだしたあげくの茅野と瀬戸は、一応お互いの愛をたしかめあう仲になっても、少しもその関係が変わったようには見えなかった。

「なあ、瀬戸ぉ。もうちょっとこう、俺ら、恋人らしくしてもいいと思わない？」

「らしくってのは、どういうふうにだ」

「だってほらさあ。いわゆるラブラブじゃん？　俺らって。蜜月《みつげつ》ってやつじゃん？」

そもそも恋に落ちて数ヶ月という時期は、ふつう『蜜月』と呼ばれていいものであると、茅野は激しく主張する。

しかし、その発言に対して、茅野の恋人である瀬戸光流は、非常にうろんな顔をした。

「蜜月だ？　陽気がいいからってなにを寝ぼけてるんだ、おまえは」

「寝ぼけてって……」

「いいか、蜜月ってのは言葉どおり『月単位』の話だ。俺としては一ヶ月で終わりだ、そんなものは」

にべもなく切って捨てた瀬戸の手には、夏に向けて仕入れる商材のリストがある。

「そんなことより、どうするんだ。いいかげん、ライン決めないと店のディスプレイだって発注しなきゃならないだろう」

つけつけと言う瀬戸の表情は、インポートショップ&ドリンクバー『セブンスヘブン』の経営者の顔だ。甘い会話などする余地はなし、と告げる怜悧《れいり》な美形に、茅野はそれでも食いさがる。

「そんなこと、じゃねえじゃん。大事なことだろ？」

「聞けよ、いまは在庫の補充の話をしてるんだろう」

「この状況でかよ！」

怒鳴って茅野が殴ったのは、体格に見合った広いベッドだ。茅野は上半身裸のボトムのみ、そしてつれないことを言う瀬戸の身体には、乱れた衣服が中途半端に絡まっている。

状況と光景だけ見れば、ゲイのカップルが、大人のコミュニケーションを取ろうとしている真っ最中だと思われることだろう。しかし瀬戸の手には、分厚いバインダファイルと書類が握られている。

「あのなあ、なんでこれからセックスしましょうっつってる途中で、仕事のこと思い出しちゃうわけ⁉」

「逆だ。俺が仕事の話をしようとしたのに、そっちが押し倒してきたんだ」

相も変わらず平行線の、春の夜。店じまいしたショップの上、持ちビルの最上階である自宅フロアのなかには、険悪な空気が満ち満ちていた。

「風呂あがりにいい匂いさせて俺の部屋に来ておいて、それはないだろ」

「……あのなあ茅野、少し落ち着いてくれないか」

呆れてものも言えない、という顔を隠しもせず、乱された寝間着の襟元を直し、瀬戸はため息をついた。

「俺とおまえがそうなってから、もう半年すぎてるんだぞ。なんでそう、いつまでもがつがつしてるんだ」

それはおまえがめったにさせてくれないからだ。喉奥で唸《うな》りそうになるのを押し殺し、茅野はあえて揚げ足を取る。

「そうなってって、俺らが、どうなったってのよ」

「どうって……なんだ」

「具体的な言語で言ってくれませんかね、瀬戸さん」

瀬戸は、茅野の意地悪な発言にぐっとつまった。彼は開き直ればどこまでもストレートだが、恋愛や性にまつわる発言が、いささかどころでなく苦手なのだ。意外に純情な恋人の性格を知り抜いたうえで、茅野はねちねちと絡んでみせる。

「デキてから半年って？　一ヶ月で蜜月終了ったたっておまえ、はじめてのセックスから半年もやらせなかったの、どこの誰」

これに関しては、いまだに恨みがましいものがある。おまけにそれからも、身体のコミュニケーションについては、なかなか思うようにはいかないだろうと睨《ね》めつけるが、瀬戸は瀬戸で容赦がなかった。

「……最初から二度目までは、半年も空いてないじゃないか」

つんと顎を逸らされると、痛いところを突かれた茅野も、ムキにならざるを得なかった。

「なんだよ。ありゃ事故みたいなもんだろ！　俺の記憶がないのはノーカンだろ！」

「ばかを言うな、忘れたおまえが悪いだろうが！」

そうしてしばし睨みあい、ぷいと顔を背《そむ》けるのは同時だ。お互い、どうしようもなく大人げない振る舞いになるのは、知りあったのが小学生時代であるという気安さもあるのだろう。

一般的に世の恋人同士というものは、出会いがあって、恋に落ちて、愛を育《はぐく》んだのちに生涯をともにしようと誓い合い、生活をも重ねあわせていくものだと思う。

そうするうちに激しく燃えあがった思いも少しずつ落ち着いて、ゆるやかに穏やかに、お互いの存在を自然と受け入れ、言うなれば家族のような感覚になじんでいくものだろう。

しかし、茅野と瀬戸の場合、出会いは思春期を迎える以前の、小学校低学年。愛だ恋だもなんだかわからないような少年時代をともにすごし、めいめい勝手に初恋を覚えて破れ、腐れ縁のまま気づけば仕事のパートナーで、しかも同居にいたっていた。

出会って二十数年が経過し、三十路《みそじ》の声を聞いたあたりでいまさら恋を自覚したという状況で、甘さを持ちこむのはえらく難儀だ。

ましてや、その片割れが、ワーカホリックの現実主義、おまけに性格的にテンションが低いとくればなおさらのこと。

「なんでそう、仕事のことばっかなんだよ、瀬戸は」

「おまえこそ、どうしてそう、すぐにベッドにもつれこもうとするんだ」

「好きで惚れてるからやりたいんですけど、なにか!?」

「開き直るな！　やることをやらなきゃ、あとで地獄を見るのはおまえだろうが！　夏のシーズンものの仕入れだってあるし、サマーセールの企画立てたのも知ってるだろ！」

「それはそれ、これはこれだろ！」

不満を訴えると、話がずれていると怒鳴られる。意図的にはぐらかしているのはそっちじゃないのかと、茅野がむくれた顔をすれば、さらに瀬戸は目を吊《つ》りあげた。

「こんなくだらないちょっかい出してないで、ちゃんと製作だってしなきゃならないだろう。冷静になって考えろ！」

「……くだらない……。瀬戸は、せっかくの愛の営みをくだらないってゆった……っ」

「愛の営みとか言ってのけるおまえのセンス自体が理解できない」

断じられ、よよと泣き崩れる茅野の頭を、憮然《ぶぜん》としたまま瀬戸はバインダで殴りつけた。

「痛い！　愛が！　愛が感じられない！」

「だから愛とか言うな！」

たしかに瀬戸の言うことは、ある種正しいとは思う。いまは店が軌道に乗ってきているし、幸いなことに茅野オリジナルのアクセサリーも好評だ。正社員もアツミと、バイトから昇格した野田《のだ》だけでは手が足りず、幾人か雇い入れたばかりだし、となればもっと稼がなければならないのも、理解はしている。

（けどそんなん、プライベートが充実してての話だろっ）

日常を犠牲にしてまで仕事に打ちこむというのは、茅野の主義に非常に反する。というよりも、はっきり言って茅野は、愛をうち捨てるくらいなら仕事を捨てたいタイプなのだ。

とはいえ、この瀬戸相手にそんな発言をすれば、さらなる冷淡な言葉が返ってくるのは必至。だったら関係をご破算に、とでも言いかねない。

——たゆまぬ忍耐、歩み寄りと努力。

かつてアツミに言われた言葉を念仏のように胸の裡《うち》で繰り返し、茅野は必死になって腹の奥からこみあげる苛立ちを呑みこんだ。

このワーカホリックに感情論をぶつけたところで無駄だ。だったらいっそ『仕事の対価』として要求を通してしまうほうが、よほど話は通りやすいだろう。

恋人関係になってから、茅野も忍耐を学んだのだ。まして瀬戸の性格など、二十数年にわたるつきあいで、知り尽くしている。

「わかった。じゃあ、こっから夏のシーズンものが終わるまでは、この手の接触は我慢する。そのかわり、夏が終わったらどっかで休みくれ」

「どっかでって、いつだ」

「秋になるまで……そうだな、せめて九月になる前でいい。そうしたら、その間、おまえが言うところの『くだらないちょっかい』はいっさいかけない」

「……本当か？」

思うよりもあっさりと引っこんだ茅野を不審がったのか、瀬戸の優美な眉はまだ歪んだままだ。というより、その後の要求をなんとなく察してでもいたのだろう。

だがこうなれば、等価交換といこうじゃないかと、茅野は不敵に笑ってみせる。

「本当だ。ただし、俺と、瀬戸と、ダブルで、同時に、最低三日。みっちりと、なんの仕事もなく、完全な休暇を取れるようにしてくれ」

「え……」

「ついでに。その三日間、おまえはいっさい仕事するな。こっから三ヶ月の俺の忍耐を、みっちりしっかりねっとり、その身体で受けとめてくれ。言っておくけど、本気でベッドから出さねえからな。愛欲に溺《おぼ》れきってもらうからな！」

「な、ちょ、そんな」

あまりと言えばあまりのことを宣言され、瀬戸は目を丸くしている。そのほっそりした腕を捕まえて、茅野は思いきりぎゅうぎゅうに、抱きしめた。

「なあ。イイ子にするから、ご褒美くれよ。三日の間、おまえのこと独占させてくれよ」

我ながら情けない提案だと思いつつも、このくらい言わなければ瀬戸は折れないに決まっているのだ。

「三カ月の代わりに、たかが三日だ。それくらいいいだろ？」

「ち、茅野……」

「俺は、いまだってだいぶ、我慢してるだろ。それでも、だめかよ」

細い首に顔を埋《うず》めると、瀬戸が困ったように息をつく。ここまで値下げしてもだめなのかと茅野が落ちこみそうになっていると、もぞもぞと居心地悪そうにした瀬戸が、小さな声で呟く。

「べつに、三ヶ月まったく、とか、そこまでしなくても……」

「えっ？」

「いやっ、仕事の話をしているときは、だめなんだが！」

期待に満ちた目を向ければ、慌てたようにかぶりを振る。その小さな顔がほんのりと染まっていて、瀬戸が本気でこういう接触を疎んでいるわけではない、と知れた。

「それにその、忙しいのは忙しい、わけだし。あと、その」

「ああ、うん。わかってる。入れると、翌日きついんだろ」

「っだから、そのデリカシーのない物言いをよさないか！」

結局は甘い雰囲気になりきれず、げんこつを喰《く》らった茅野はそれでも笑った。

「わかってる。だから、キスだけ許せよ。コミュニケーション不足はよくないって、アツミおねえさまにも言われたんだろ？」

「まあ……それは……」

渋々といった感じながら、頬《ほお》に手を添え唇をあわせても、瀬戸は抗《あらが》わなかった。結局、いまさら甘ったるい空気が醸し出されるのが苦手なだけで、こういう接触全般を拒んでいるわけではないのは、茅野にもわかっている。

(舌吸ったらメロメロのくせにさ。くそ)

さんざん渋るわりに本当は感じやすい身体で、抱いたらとろんとろんになるくせに――いや、だから、それがいやなのだろうか。

徐々に慣れてくれればと思うものの、三十を目前にするまで、そういう意味ではバージンだった瀬戸は、なんとも言えずむずかしい。

「なあ、好きだぞ？」

それでも、囁《ささや》く言葉にほんのりと目元を染める彼がいとおしいので、忍耐も努力もいたしましょうと、このときの茅野は思った。


そうして約束の三ヶ月が経過し、忙《せわ》しなかった夏も盛りを過ぎた。

セールも新作アクセサリーの製作も無事終了、三日間の休暇も確保。

(ああ、やっと忍耐の日々が報われる……っ)

明日からはじまるラブラブな日々に思いを馳《は》せ、茅野はひたすらご機嫌だった。

しかしご機嫌なあまり、慣れない書類仕事を買って出たのが間違いのもとだったのだろう。

結果、事務机からステープラーを借りようとした茅野は、瀬戸がうっかりと忘れ去っていたリングを発見してしまい――こめかみに青筋を浮かせる羽目になったのだ。

＊　＊　＊

「俺は結局、なにをやってたのかね」

大きな手のひらでリングをもてあそぶ茅野は、さきほどから瀬戸の目を見ようともしない。

「そりゃたしかに、最初からおまえはこんなもん、いらなかっただろうけどさ。事務机の引き出しに、入れっぱなしで放置ってのは、さすがにあんまりなんじゃない？」

長いつきあいのなかでも、ここまで不機嫌になった茅野を見たことはない。ぐびりと息を呑んで、瀬戸は背筋を走る冷や汗を知る。

茅野は約束どおり、この三ヶ月ひたすら仕事に打ちこみ、おかげで夏のセールも大好評で、ストックはきれいになくなった。

それは大変喜ばしかったが、おかげで瀬戸も茅野も、忙殺されていた。あんな約束をしなくとも、互いに触れあう時間も体力も、まるでなかったのも事実である。

人手の足りなさから、ふだんはバーの担当であるアツミまでもセールに引っ張り出し、全員で地下倉庫のストックを引っ張り出す羽目になっていた。

そしてその折、作業に入る前に、瀬戸はリングをはずしていた。もともと人前ではつけられず、ふだんはチェーンをとおしてペンダントのように首から下げていたのだが、その日、大汗をかく倉庫での作業のために、汚れてもいいよう、Tシャツにジーンズという軽装に着替えたとき、どうやっても首に下げたリングが見えてしまうことに気づいたのだ。

そのため、大あわてでチェーンをはずし、事務所の引き出しのなかにつっこんだ。それから怒濤《どとう》のセールが開始し、数日間リングの存在すら忘れきっていて——茅野に発見された、というわけだった。

「あのな、茅野、それは……」

「夏が終われば、って浮かれてた俺って、ばかみたいだよなあ？　なあ、そう思わない？」

らしくもない嫌味な物言いに、瀬戸は眉をひそめた。これではとても事情を聞いてくれそうにない。おまけに、見たこともないくらい不機嫌な顔で睨まれ、胃の奥がひやりとなる。

（まずすぎる）

いくらなんでも、この件について、自分がいっさいの言い訳ができないことくらい、瀬戸とてわかっている。固唾《かたず》を呑んだ瀬戸に、茅野の暗い笑いを含んだ声がする。

「なあ、おまえにとって、俺ってなに」

「なに……って」

この男にはあまりに似合わない、ネガティブな発言に、言葉が出なくなった。反応しそこなったままの瀬戸に対し、茅野は自嘲するかのように笑う。

「せっかく渡した指輪もさ。まるで、見るのもいや、みたいにしまいこんで。そんなに俺、重たい？　迷惑？」

　言いながら、茅野は泣き出す寸前のような表情をする。そんな顔をさせたかったわけではないと、瀬戸が自分の強情さを悔やんでも、もう遅かった。

「リング、サイズ直しして、自分でつけっかな。……ああ、これじゃ小指にもはまんねえ」

　瀬戸が置き去りにしたリングを、茅野は「ほら」と自分の右手にはめてみせた。指の太さが違いすぎるせいか、言葉どおり、瀬戸のそれは彼の小指のなかほどまでしか通らない。

「おい、そんな言いかたはないだろう。セール前に倉庫作業するんで、慌てて、ちょっとはずしただけで」

　嫌味がすぎると瀬戸は目を吊りあげた。しかし茅野はそれ以上に不機嫌な声で反論する。

「……ちょっと？　あれからもう一週間は経つじゃんかよ」

「たかが一週間だろう。ちょっとじゃないか！」

　言ったとたん、茅野がすうっと表情をなくした。顔色さえも白くなり、ややあって震える息を吐き出した男の眉間は険しい皺が寄っている。

「まあ、な。欲しくもねえもん押しつけたのは、俺だしな」

「茅野、だからっ」

「でもさ。俺としては、気持ちだけでも受けとってくれって、そういうつもりだったんだ。四六時中一緒にいるのなんか、おまえ、いやだろうから。俺の代わりって、そういう……」

そこで、茅野は目を伏せてしまった。怒りより、傷ついたほうが大きいのだと訴えてくる表情に、瀬戸は全身が冷たくなっていく。

そんなつもりじゃなかった。ただ照れくさくて、それから——なくしてしまったり、疵《きず》をつけるのがいやで、しまっておきたかっただけなのだと、素直に言えばよかったのだろうか。

だがそのなにひとつが言葉になる前に、暗い目をした茅野は、ゆらりと立ちあがる。

「まあいいよ、どんなつもりでも。もう、俺は俺で好きにする」

「な……なにする、気だ」

「なにって、言っただろ」

びくりと震えた腕を、摑まれた。笑っているのに笑っていない、目ばかりが真剣な茅野は、瀬戸のリングをはめたままの指をぎりぎりと腕に食いこませてくる。

「俺はとりあえず、約束は守った。言ったとおり、愛欲の三日間だ」

覚悟しろよと、少しも嬉しくなさそうな歪んだ笑みで宣言されて、目眩《めまい》がした。

こんなつもりじゃなかったのに——それは、ふたり同時に浮かんだ、心の叫びだっただろうか。しかしもはや、言葉で行き違いを正せる段階はとおりすぎてしまったようだ。

言い争いのあと、有無を言わせない勢いで、瀬戸の腕を摑んだまま茅野は自室へと戻った。

「茅野、待て、待てって！」

「もう待った。待ちすぎた」

冷たい顔で言い放った茅野が、瀬戸の身体を強引にベッドに引き倒す。衝撃に身が竦《すく》んで、反射的に抗おうと伸ばした腕は、茅野の手に掴み取られた。

「いっ……痛い、茅野！」

「抵抗しないでくれよ。俺ちょっと、キレてっから」

ひどいくらいの力が腕を痛ませた。こうまで茅野に乱暴に扱われたことのない瀬戸は、彼の本気を知って全身がぞっと総毛立つのを知る。

（くそ……こんな、力、強かったのか）

のしかかられると、体格差を思い知って複雑になる。だが、本気のけんかになれば勝機がないわけではないし、殴りつけて逃げることが、できないわけでもなかった。

けれどその瞬間、たぶん茅野はもっと傷ついて、完全に瀬戸に触れようともしなくなるだろう。証拠に、抵抗するなどと言って手首を締めあげたくせに、瀬戸が力を抜けば、なにかで拘束するでもない。

（試されてるのか）

服をはぎ取られながら、瀬戸はなんだか、無性に哀しいような気がした。それがどうしてなのかと考えて、ふと、ベッドのうえだというのに茅野がひとことも口をきかないからだと気づくと、さらに情けない気分に見舞われた。

茅野とこういう関係になってから、なじめなさから来る照れと、どうしても昔ながらの関係を保とうとしてしまう自分と、恋を知った自分との違和感が埋められずにいた。

それでも茅野が、好きだ好きだと言い続けるから、胸の奥はいつも甘かったのだ。ふざけるな、いいかげんにしろとつれなく振りほどいても、ちょっと眉をさげて笑う男が許してくれていたからだったのだろう。

(なんか、言ってくれよ)

抵抗しないまま横たわっていると、無言の茅野に下着ごとボトムを引き下ろされた。シャツは、瀬戸が寝転がっているので脱がせにくいのか、前ボタンだけをはだけただけだ。

そうして、一連の作業をする間も、茅野の指にはふたりぶんのリングがはまったままだ。

半裸の身体をまたいで、茅野は自分のTシャツを脱ぎ捨てる。彼は着衣のままだと痩《や》せ型に見えるのに、裸になるとしっかりと張った胸筋があらわになる。

不機嫌そのものの表情で上体を倒してくる茅野に、びくっと瀬戸は目をつぶったが、予想に反して唇は触れてこなかった。

「……茅野……?」

おずおずと目を開けてみれば、彼はベッドサイドのチェストを探り、見つけたものを枕の横に放り投げてきて、飛来物の影と振動にまた震えた。

そこに常備されているのがなんなのかは、瀬戸とて知らないわけでもない。だが数少ない睦《むつ》みごとの最中、いままでの茅野は、ローションだとかコンドームだとか、そういうものを行為の前から瀬戸に見せつけたことはなかったのだと気づいた。

(俺が、緊張するからか)

笑いながらじゃれるようにキスをして、羞恥に顔をしかめる瀬戸を丁寧に溶かし、意識がもうろうとするころに、さりげなく身体の奥に触れて、やさしく開いてくれていたのだろう。そんなふうに気遣われていたことを、いまさら思い知らされるのもなんだかたまらない。なにより、ふだんと違いすぎるはじまりに、認めたくはないが恐怖を覚えはじめている。

「すっげえ。いやそうな顔」

やっと口を開いたと思えば、低い声がいやな笑いを交えてそんな言葉を発する。させているのは誰だと噛《か》みつくことすらできず、きつくつぶっていた目を開けた瀬戸は、いきなり脚を開かされて息を呑んだ。

「ちょ……な、なに、なにするつもりなんだっ」

瀬戸がぎょっとしたのは、いきなり脚を開かされたからだけではない。茅野が、瀬戸のリングのはまったその指に、ローションをだらりと垂らしたからだ。

「ナニって、この状況ですることはひとつだろ」

淡々と言う茅野は、キスも愛撫《あいぶ》もなにも、まったくする気はないらしい。即物的すぎるそれに、瀬戸が『嘘だろう』と思うより早く、右足の腿《もも》が持ちあげられた。そして卑猥《ひわい》に開かされた脚の間に、ぐいとその指が押しこまれてくる。

「ひ——い、あ、あう!」

「小指だし、痛くはねえだろ。……ああでも、ずっとしてないからもう閉じきっちゃったかな。これでやっとだ」

ぬるりとしたそれは、茅野の言うように無理なく体内におさまった。しかし、茅野の身体を受け入れることに少しは慣れたはずの粘膜はいま、猛烈な違和感を覚えている。

「ゆ……指輪……やめろ……」

「そんなに締めつけると、なかではずれるぜ?」

ごり、と粘膜を引っ掻くような感触。異物感にも、そして『なかではずれる』という茅野の言葉にも竦《すく》みあがって、瀬戸はいっさいの抵抗ができなくなった。

「悪趣味だぞ、茅野! ふざけるのはよせっ」

「どうせ俺は趣味が悪いよ」

怒鳴りつけても、こたえた様子はまるでない。そのことで、茅野が本気で気分を害しているのだと気づき、瀬戸は青ざめた。

ぐちぐちと、単調な水音だけが響く。

抱擁も、キスもない。ただ機械的に抜き差しされる小指が、瀬戸の目を潤ませる。

（なんだよ、これ）

ただ、挿入するための穴を作っているかのようなこれは、愛撫ではなく、作業だ。屈辱感と、こうまで茅野を怒らせた自身への嫌悪が胸を軋《きし》ませる。そのくせ、けっして痛みを与えず、ぬるぬると粘膜を拡げていく指の動きに、なぜか腰が震えだした。

「ン……っ」

幾度めかのスライドで、じんわりした疼《うず》きが快感に変わるのがわかった。思わず漏れた小さなあえぎに、頭上からは冷えきった、だが響きだけは愉快そうな声がする。

「なに、イイの？　これ」

「いや、だ！　や、め、やめろ、ってっ」

じゃあもっと、してやるよ。そんなことを言った茅野は、今度は自分の左薬指のリングを、右手の中指につけかえる。関節のなかほどで止まったその『位置』が、どういう意味を持つのか、瀬戸にはもうわかっていた。

「い……いやだ」

「言っておくけど、おまえに拒否権ねえよ。この三日は、俺の好きにするっつったろ」

「いやだ、茅野っ、……っあ、ああっ！」

もういやだとかぶりを振っても聞き入れてくれるわけもなく、またたっぷりと濡らされた指が、ひくついた肉に埋められた。しかもあの作業的な手つきではなく、最初から瀬戸の性感を、一気に追いあげるつもりの卑猥さをもっていた。

「んんあ、あああ……っ！」

ずるりと埋められ、軽く抜き差しされただけで、瀬戸はたがのはずれたような声をあげた。ぐん、と背中が弓なりに反《そ》り、強ばった脚の間からはぱたぱたと雫《しずく》が落ちていく。

「やっぱしな。直撃したろ、イイとこ」

「いやっ、あ……っ、あっ、あ……！」

長い指を軽く曲げたまま前後され、内腿にまで痙攣《けいれん》が走った。内部にある瀬戸のもっとも弱いポイントを、絶妙な強さでこすってくるのがたまらない。

「やだとか言うわりに、腰振ってるじゃん……」

「い……ひ、いああっ、あっ」

茅野の声が、欲情にかすれている。ふざけるなと言うことすらできないまま、ごりごりと前立腺をこすりあげるそれに、瀬戸は全身を濡らしてのたうちまわった。

「こんな、とろとろで、すげえな。なあ、もう指、三本入った。すげえうねってる」

「言う、なっ、言うな……っ」

「言わなきゃ、認めもしねえじゃんよ。ぐちょぐちょになっちゃってるくせに」

吐き捨てるような茅野の声とともに、感じるところを小刻みにこすりあげられた。指先が器用な男のほどこす、微細な振動を伴う愛撫は、いままでにないほどいやらしかった。

（なんて、動かしかた、するんだ……っ）

セックスのためだけの動きをする指。そんなものを茅野が持っていることを、まだ瀬戸はよくわかっていなかった。数えられる程度の触れあいで、不慣れな瀬戸のために、茅野はずいぶんといろいろ加減してくれていたということなのだろうか。

（いや、違う）

茅野がすべて忘れてしまったあの、はじめての夜の彼は、たしかにこんな指使いをした。そうして、誰ひとりとして知らない瀬戸の処女地を数十分の愛撫で熟れた性器に作り替え、何度も何度も熱を穿《うが》って味わったのだ。

「んああっ、うんんっ、も……うっ！」

容赦のないそれに、触れられもしない性器が強ばって痛い。忙しさにかまけ、幾度も茅野の腕をすり抜けてきたということは、つまりは瀬戸自身もご無沙汰《ぶさた》でもあった。

（ああ、くそ、いく、いきたい、いく……っ）

毒のような快楽に、もはや意識はもうろうとして、堕《お》ちる――そう思った瞬間だ。

「なあ、瀬戸。おまえがこういうセックス、苦手なのも知ってるよ」

「え……」

耳に滑りこむ苦い声が、官能の縁で溺れそうになっていた瀬戸の意識をふと正気に戻す。

「俺が好きだ好きだ言うのも、本当は困ってるのも、わかってんだよ」

顔をあげると、内部に含ませた指はそのままに、茅野は哀しげな顔で瀬戸を見つめていた。胸にずきりと刺さるようなそれに、瀬戸は震える唇を開く。

「俺の……気持ちが、わかんないって、言うのか」

「わかんないとはさすがに言わない。ちゃんと、惚れてくれてんのも、嘘とは思わない」

強引な行為に、うっすら汗ばんだ瀬戸の肩へ、茅野は額を押しつけてくる。煽られたままの身体は、吐息が肌を滑るだけでも震えるが、いまは彼の言葉をちゃんと聞きたいと瀬戸はこらえた。茅野は、かすかに震える肩へと唇を寄せ、小さく呟く。

「けどな。さすがに、半年にいっぺんしか甘くないってのは、俺、きついよ。本気で迷惑なのか、ってへこむことだってある」

翳《かげ》りを帯びた目が、卑怯なくらいに寂しげだった。強引に抱きしめられ、どこにも逃げられずにいるのに、すがってくる茅野はそれでも少しも安心できていないらしい。

「たまにでいいから、甘くしてくれ。ちゃんと、おまえが俺のこと好きだって、実感させてくれよ。そうじゃないと、俺は、どっかがひからびる」

茅野の譲歩に、甘えすぎていたかもしれない。そもそもが恋愛ジャンキーと言われた彼が、できる限りの平静さを保ってくれていた事実に、瀬戸はあぐらをかいていたかもしれない。

「なあ、好きなんだよ、瀬戸」

こんな苦しそうな声を出されて、折れないほうがむずかしかった。そろそろと腕を伸ばし、うなだれた男の頭を、そっと撫でる。

けれど茅野もまた、根本的なところがわかっていないのだと、瀬戸は眉をひそめた。

「あのな、茅野。そうは言うが、俺まで甘くなったら、終わりだろう」

「なんでだよ」

「ふたりして、けじめがなくなって、全部なあなあになったりするのが、いやなんだ」

瀬戸の声に、どういう意味だと茅野が目をまたたかせる。少しだけ不機嫌の去った目に、どうしてこんなにほっとしてしまうのだろうと思いつつ、瀬戸は言葉を続けた。

「俺は、茅野のためにちゃんと役に立っていたい。理性的に判断して、おまえが望むように、好きなことをできるように、地盤をしっかり作ってやりたいんだ」

「瀬戸……」

「たまには、おまえの意に反することだって言うかもしれない。けどそれは、最終的には、おまえのためだと思ってるんだ」

彼の言うような『愛ある生活』を全面的に否定するわけではない。けれど瀬戸は、茅野の恋人になるより前に、彼の保護者的な友人であり続けた時間が長かった。ましていま、店の経営はほぼ瀬戸が一手に担っている。睦言より、その意味をちゃんと考えてくれと祈りながら、形のいい頭を胸に抱きしめた。

茅野はしばし、じっと動かなかった。言葉をじっくり咀嚼《そしゃく》しているかのような沈黙のあと、額を瀬戸の胸にこすりつけて「わかった」と小さく言った。

「でも、じゃあさ。瀬戸も、仕事と、恋人の時間と、わけて考えてくれないか」

「……そこまで、器用じゃない」

「嘘つけよ。瀬戸が器用じゃないわけ、ねえだろ」

照れているだけなら、あまりつれなくしないでくれ。囁く声とともに胸に口づけられ、いつの間にか尖《とが》っていたそれを吸われて、瀬戸は「ウン」と息をつめてしまう。

「なあ、好きだよ、瀬戸。すげえ好き。愛してる」

「も、もう、い……」

「好きだからさ。……俺が言う、十分の一でいいから、たまには、返事をくれよ。抱いてていいんだって、教えてくれよ……」

せつない声でかき抱き、頬に、額に、肩にと唇を落とす茅野の甘えに、瀬戸は結局は降参するしかない。クセのある長めの髪におずおずと触れて、赤くなりそうな頬に力をこめた。

「……好きじゃなくて、なんで俺が、こんな格好するんだ」

「瀬戸？」

「俺が、この三日の休み取るのに、どれだけ苦労したと、思ってるんだ。俺、……俺だって、おまえと一緒に、いたいから」

そこまで言うのが限界で、ぐっと瀬戸はつまってしまった。これ以上は恥ずかしくてとても言えたことではないと思うと、目には涙まで浮かんでくる。

それでも、茅野にあんな自信のなさそうな声を出させたのは、たぶん自分が悪いのだ。

「それからっ……セッ、セックス、も。べつに、きらいじゃない」

「え？　ほんと？」

いきなり目を輝かせて覗きこまれ、現金すぎると整った顔を手のひらで押しのけた。

「だいたいそれくらいは、おまえの前で大股《おおまた》開いてる段階で気づけ！」

「いや、瀬戸さん。いきなりそんな大胆発言で、キレられても」

怒鳴り声に困惑したふりをするけれど、茅野は完全に脂下《やにさ》がっている。それが悔しいやら、やっといつもの茅野らしくなってくれて嬉しいやらで、瀬戸はやけくそになった。

「だいたいな。俺は、おまえと違ってこういうのに慣れてないんだっ。恋愛慣れしてるなら、そういう機微《きび》を、わかれ、ばかっ」

照れくさいことさえ、素直に言えない。けれども、茅野のオープンすぎる愛情表現がきらいなわけじゃない。ただ、死にたいくらい恥ずかしくて、どうしていいのかわからない。

それでも精一杯、瀬戸なりに彼を思っているのだ。それを疑われるのはさすがに業腹だと、茅野の広い胸を叩く。

「指輪だってっ、はめてて疵がついたら困ると思ったし、だからしまっておいたんだっ」

「瀬戸……！」

「おまえはどうして、自分ばっかり好きみたいなこと、いつもいつも……っ、ん、んん！」

ぐいぐいと押しのけたはずなのに、結局はまた抱きこまれた。死にそうな思いで口にした告白は、強引なキスに吸い取られる。

（この、ばか）

いつも先走って、勝手にへこんで、そのくせ瀬戸のひとことで、こんなに喜ぶ。ばかでばかで、どうしようもない。こんなにかわいくてならないのに、なぜ瀬戸に迷惑だとか考えるのだ。そう思うなら日々の所行を正せ。そう言ってやりたくなりつつ、濃厚な舌の動きに酔っていた瀬戸は、びくっと身体を強ばらせた。

「んんぁ、あに、してっ……んむ！」

開かれた脚の間に、またさっきと同じ感触がある。さんざん指でいじられ、ほころんだそこには簡単に指が潜りこみ、再度仕掛けられた卑猥な愛撫に気づくと、目眩がした。

（もう、それは、いやだっ）

あんな感覚をふたたび味わいたくない瀬戸は「んー、んー！」と呻いて覆い被《かぶ》さる男の背中を叩く。しかし抵抗むなしく、ねっとりとした肉に埋まった指は、体温にぬるまった金属の輪を器用に使い、こりこりとなかをいじってくる。

「んふんっ……ん、ふあっ、あ、もうそれ、いやだ……っ」

「やじゃない。瀬戸、すっげえ感じてるだろ。これでいっちゃいそうだろ？」

「いやっ、だからいやだってて……あ、あ、あぁん！」

ぬるぬるになった粘膜を、リングをはめた指が激しく行き来する。爪先《つまさき》まで緊張が走り、浮きあがっては沈む腰がこらえきれない。おまけに、舌なめずりをした茅野は激しい呼吸に上下する胸の突起にいきなり食らいついてきた。

「ふあっ⁉ あ、や、めっ」

「やめない。ここと、こっちだけで、いって。いい顔見たい、瀬戸。やらしく悶えて」

「ばか、ばか、おまえ……っ！ あ、いやだ、あっん、あん！」

会話に気がゆるんでいたせいか、さっきよりも感じた。細い瀬戸の腰は浮きあがり、茅野の手がいやらしく抜き差しをするたびに上下にかくかくと揺れては締めつけ、男の目を楽しませる。爪先まで痺れて、シーツを巻きこむように足指が丸まって、全身が痙攣した。

「茅野……茅野、いやだ、も、いく」

「いっていいってば。な？ 瀬戸が、かわいく、いくとこ見せて」

「いやだ、おまえ、おまえがっ……」

「いで！」

囁かれた言葉もその声音《こわね》のいやらしさにも真っ赤になりながら、瀬戸は広い背中に指を思いきり立てる。これから自分が言う言葉のほうが、百倍恥ずかしいと知っていたからだ。

「指、は、いやだっ……ち、茅野、茅野が、い……っ」

「……瀬戸さん？」

「いれろ、よ……いれてくれよ、おまえの、アレ、アレじゃないと、いきたくないっ」

叫んだとたん、ごくり、とあからさまに喉が鳴らされた。茅野の目が凶悪に力を増し、それはさきほどの不機嫌そうな顔にも似ていたが、どうしてか胸が冷たくなることはなかった。

指が抜かれ、脚を抱え直される前に、瀬戸は自分から腿を開いた。そうして両手を差し出し、唇の動きだけで『キスも』と告げると、茅野はぎりぎりと歯ぎしりをした。

「ああ、もう、くっそ……これだから、瀬戸はずるいんだよっ。さんざんごねるくせして、なんでそうエロいかなあ」

ぼやいて、猛った性器をこすりつけてくる。どろどろになったそこは先端がぬるりと触れただけで収縮し、御しきれない動きと快楽に、瀬戸はとろりと目を潤ませ、呟いた。

「んっ、んっ……茅野、は、早く、はや、く」

「入れますよ、もう。なんだよ。結局、俺、言いなりじゃんか、よ……っ」

「ん……んんー……！」

文句とともに、ほころびきったそこに、熱の塊が入りこんできた。喉を反らして受け入れながら、瀬戸は両手足を茅野に絡みつけ、もう待てないと腰を揺する。茅野ももう、のっけから容赦がなく、両手で腰を摑むと叩きつけるかのように律動をはじめた。

信じられないくらい、恥ずかしい悲鳴があがった。肉をぶつける音をかき消すくらいのそれをふさぐように何度も口づけられ、絡む舌の間に嬌声が溶ける。

「ふぁっ、あっう、ふ……っ茅野、茅野ぉ、いくっ」

「いって、いけよ。なあ、俺に抱かれて、いって」

「いく、あ、あ、あ――あ！」

お互いそうは長くもたず、がむしゃらにキスをしたまま身体中を絡ませあって、一気に駆けあがった。どろどろになった身体の奥、茅野のそれが震えながら体液を吐き出す瞬間までも、敏感になった粘膜が感じとる。そして瀬戸がなにより感じたのは、茅野の小さな声だ。

「ふ……は、あっ」

ぎゅっと顔をしかめ、泣きそうなせつない目をして、瀬戸のなかに射精する。その瞬間、体感だけではない深い快楽が襲ってきて、たまらずに茅野を抱きしめた。

「……へへ」

まだつながったまま、汗だくの身体を抱きしめあっていると、茅野がへらりと笑った。なんだかひさしぶりに見る気がする、茅野の邪気のない笑みに胸がきゅうっと鳴ったことは、やっぱり悟られたくないまま、瀬戸はつっけんどんな声を出す。

「なん、だよ」

「いや。結局、おまえとはこのパターンだよなあと思ってさ」

毎度けんかをしては仲直りにエッチだ。苦笑する茅野とは逆に、瀬戸は憮然とする。

「パターンで片づけるな。俺はわりとまじめに怒ってるんだ、いつも」

「知ってるよ。でも、俺こんなの、はじめてだから」

どういう意味だと目を瞠《みは》ると、汗に湿ってもつれた髪を、やさしく梳《す》かれた。

「俺、いままでつきあった相手とけんかしたことと、ねえの。俺が一方的に、勝手に大事にするばっかで、大事にされたことも、もしかしたらなかったかもしんない」

受け取りそこねただけかもしれないけれどと前置きして、茅野はやわらかにくちづけた。

「限度はもちろん、あるけどさ。おまえみたいに、怒鳴ってもわめいても、わがまま言っても、俺のこと好きでいてくれて……俺もやっぱ、腹立ってても、すげえ、好きで」

「茅野……」

「こういうの、安心する。おまえでよかったと思うし、幸せだと思う」

頬をすりよせ、満足そうに微笑んで言われると、さすがに恥ずかしい。なのでつい、瀬戸はよけいなことを言ってしまうのだ。

「……指輪はずしたくらいで拗《す》ねたくせに」

「あっ、それ言うなよ。せっかくいい気分だったのに」

むくれて見せても、もう本気ではないだろう。視線がやわらかく蕩《とろ》けていて、いつもの茅野の愛情溢《あふ》れるまなざしに、瀬戸のほうこそほっとしていた。

「ん……」

小さく息をつくと、まだ体内で存在を主張するものに気づく。無意識に声が漏れ、ぴったりと抱きあった茅野の耳を滑ると、正直なそれがぐんと力を持ったのがわかった。横目に睨むと、照れたように笑う茅野がキスを求めてくる。

「……いい？」

「愛欲の三日間、なんだろ」

触れた唇の狭間《はざま》で囁かれる。覚悟はつけてあると、瀬戸もまた笑みを返した。そのまま煽るように腰を揺すると、茅野の腕が強くなり、呑みこんだままの性器が悶えるように膨らむ。茅野が腰を揺する動きは穏やかなままで、けれど確実に瀬戸を感じさせて、たまらない。

「さっき、急いじゃったから……ゆっくり、しような」

「ん……っ、ん、ん、ああ……」

弛緩と収縮を繰り返す尻を両手に摑まれると、一瞬だけひやりとした違和感を覚えた。

「茅野。ちょっと、待て」

「ん、なに？」

瀬戸は卑猥に尻を揉んでくるその手に触れ、ストップと告げた。淫らな悪戯のせいで、ローションや体液に濡れたままのリングをするりと抜き取り、まずは茅野の薬指にはめ直す。そして、茅野の小指にはまったままのリングを指さした。

「それ。昼の間は、そこのチェストに、ちゃんとしまっておくことにする」

「瀬戸……?」

どういう意味だと首をかしげた男に、瀬戸は自分の左手を掲げて告げた。

「だから夜になったら、おまえがここにはめろ。それで、朝はおまえの手ではずしてくれ」

それならいいだろう。瀬戸がじっと見つめると、茅野は悔しそうに眉をひそめ、しかし口元だけをむずむずと、笑いたそうに歪ませた。下唇を嚙んだまま、濡れたリングを小指から引き抜き、シーツの端で拭うと、瀬戸の左薬指にはめさせた。

「これから三日は、このままにしておいてくれよ」

ぎゅっと両手の指を絡めて握りしめられ、瀬戸はうなずく。しかし、釘を刺すことだけは忘れなかった。

「いいけど……あとで一回、洗うぞ。おまえこれ、なにに使ったか忘れてねえだろうな」

「いまはそういうところはおいといてよ、瀬戸さん! ていうか俺にもはめたじゃない!」

気分で流せと言われても、あんなところに入れられたものは、やっぱりなんとなくいやだ。なだめるように歪んだ目元に口づけられても、瀬戸は微妙な気分でため息をつき、言い放つ。

「だったら、そんなの気にならなくなるまで、おまえがどうにかしろ」

「どうにか、……といいますと?」

ふだんあれだけ口がまわるくせに、こういうときばかりは鈍い。くすりと笑って、すっかり開き直った瀬戸は、思いついたことをそのまま言ってみる。

「指輪のことなんか、忘れるくらい、俺が汚れたら、いいんだろう」

その発言が、茅野の吐き出す恥ずかしくも酔っぱらった台詞《せりふ》より、百倍は恥ずかしいものであることなど、瀬戸は気づいていなかった。

「なんだ、茅野、どうした」

「どうしたじゃねえよ……！」

ただ、いきなり真っ赤な顔になった恋人の顔を怪訝に思うばかりだった瀬戸は、いきなりがばりと抱きすくめられ、目を丸くした。

「な、なに、……ん、ああっ⁉　いやだ、急に、そんな」

「瀬戸、エロい、エロすぎる……っ！　あくそ、この無自覚さが憎い！」

「だから、なにがっ……あっ、あっ、つ、強い茅野っ……あああ……！」

そうして、わけもわからずふたたびの快楽に叩き落とされ。

茅野の三ヶ月の忍耐と引き替えにしただけのことはある、ねっとりと濃く、うんざりするほど甘く、爛《ただ》れきった三日を過ごす羽目になったのだった。

あとがき

今回の文庫は、ルチルさんではすっかり定番になってまいりましたが、ノベルズの文庫化となります。いままで、文庫化においてはかなり手を入れておりましたが、今作はいままで出たなかで近年のものであったので、比較的、エピソード等の加筆は少なく、文章の見直しくらい、というところでした。それでもかなり、いじりましたが……。

このところシリアス系の話が多いなか、久々のコメディタッチのものだったかなと思います。茅野についてはもう、ヘタレとしか言いようがありませんが、当時はひたすら愉快なキャラとして書いていたように思います。ここまで情けない攻めもあんまり書いたことないような（笑）。瀬戸はまあ、いわゆるツンデレで、しっかりした大人かと思いきや、意外にウブでしたという。書き下ろしには、相変わらずなふたりを綴ってみました。成長しない。一生仲良くけんかするんだと思います。

……てなこと言ってたら今回あとがき1頁なのでもう行数がないですよ！

さて恒例お礼のコーナー、まずは改稿と書き下ろしにあたり、ご意見くださった坂井さん、Rさん、冬乃、ほんとにお世話になりました。それからイラストレーター佐々先生にもお世話になりました。各種相談に乗ってくださったご担当様、いろいろとご迷惑をおかけしておりますが、今後ともよろしくおねがいします。

読んでくださった皆様にも、楽しんでいただければ幸いです。ではでは。

✦初出　純真にもほどがある！……………小説BEaST2003年Autumn号
強情にもほどがある！……………ビーボーイスラッシュノベルズ「純真にもほどがある！」（2005年5月刊）
蜜月にもほどがある！……………書き下ろし

崎谷はるひ先生、佐々成美先生へのお便り、本作品に関するご意見、ご感想などは
〒151-0051 東京都渋谷区千駄ヶ谷4-9-7
幻冬舎コミックス　ルチル文庫「純真にもほどがある!」係まで。

幻冬舎ルチル文庫

純真にもほどがある!

2007年 5 月20日　第1刷発行
2011年10月31日　第3刷発行

✦著者　崎谷はるひ　さきや はるひ

✦発行人　伊藤嘉彦

✦発行元　株式会社 幻冬舎コミックス
〒151-0051 東京都渋谷区千駄ヶ谷4-9-7
電話 03(5411)6431[編集]

✦発売元　株式会社 幻冬舎
〒151-0051 東京都渋谷区千駄ヶ谷4-9-7
電話 03(5411)6222[営業]
振替 00120-8-767643

✦印刷・製本所　中央精版印刷株式会社

✦検印廃止

ISBN978-4-344-81001-3　C0193　Printed in Japan